CB049668

EDIÇÃO GERAL
Sonia Junqueira

REVISÃO
Marina Guedes

CAPA, PROJETO GRÁFICO E ILUSTRAÇÕES
Christiane Costa

DIAGRAMAÇÃO
Guilherme Fagundes
Juliana Sarti

Dados Internacionais de Catalogação na Publicação (CIP)
(Câmara Brasileira do Livro, SP, Brasil)

La Regina, Silvia
    O canto das sereias : dois brasileiros na Grécia
Antiga / Silvia La Regina ; ilustrações Christiane
Costa. -- Belo Horizonte, MG : Yellowfante, 2022. --
(Histórias dentro da História, v. 2)

    ISBN 978-65-84689-15-2

    1. Literatura infantojuvenil I. Costa, Christiane.
II. Título. III. Série.

22-105777   CDD-028.5

Índices para catálogo sistemático:
1. Literatura infantil 028.5
2. Literatura infantojuvenil 028.5

Eliete Marques da Silva - Bibliotecária - CRB-8/9380

A **YELLOWFANTE** É UMA EDITORA DO **GRUPO AUTÊNTICA**

Belo Horizonte
Rua Carlos Turner, 420
Silveira . 31140-520
Belo Horizonte . MG
Tel.: (55 31) 3465-4500

São Paulo
Av. Paulista, 2.073 . Conjunto Nacional
Horsa I . Sala 309 . Cerqueira César
01311-940 . São Paulo . SP
Tel.: (55 11) 3034-4468

www.editorayellowfante.com.br
SAC: atendimentoleitor@grupoautentica.com.br

O CANTO DAS SEREIAS

SILVIA LA REGINA

ILUSTRAÇÕES: CHRISTIANE COSTA

DOIS BRASILEIROS NA GRÉCIA ANTIGA

Coleção **HISTÓRIAS DENTRO DA HISTÓRIA**

Yellowfante

Ao meu pai, Adriano.

1 (α)  TUDO DE NOVO!

uidado, Ana! O barco vai virar!
— Não consigo me segurar! O vento!
— Ana! Pegue minha mão! Não me deixe!

Não me deixe. Que besta que eu sou. Minha irmã caindo nas águas escuras do mar Mediterrâneo, e eu pedindo para ela não me deixar. Mas é assim mesmo: nessas horas, viramos meio crianças, né? Mesmo tendo 14 anos (e 7 meses). Experimente, porém, estar num barco pequeno, sacudido pela tempestade, na companhia de um bando de ilhéus machões e belicosos guiados por um doido varrido e destemido, e você vai entender melhor.

Quem manda ir a lugares exóticos? Quero dizer, fomos a Roma, aconteceu um bocado de coisa maluca,[1] teria sido melhor sossegar e deixar a velha Europa para lá. Mas não, eu tinha que inventar de ir à Grécia, porque gosto de coisas antigas. Tudo bem. Em casa, antes de ir para a Itália, eu já estava me organizando e até comecei a estudar grego antigo – enfim, nunca se sabe, a gente tem que estar preparado para tudo. Curiosamente, não me contaram que o grego antigo era tão diferente do moderno. E é uma maravilha! Pensando bem, é até melhor do que o latim, que já falo muito bem. Olha só: a gente diz *hídrico*, né? Alguma coisa ligada à água. E como se diz água em grego? É ὕδωρ, algo tipo *hidór*. Tudo a ver, né? Aí, estudo e decoro e treino... e descubro que, hoje, os gregos chamam água de νερό, *neró*! Poxa, custava deixar como antes? Mas, enfim, comecei a estudar porque achava as letras gregas tão charmosas. Ana, claro,

---

[1] Aconteceu em *Perdidos no tempo: dois brasileiros na Roma Antiga*, primeiro livro da coleção. (N. E.)

dizia que era bobagem: apesar de sermos gêmeos e muito parecidos fisicamente, desconfio que um de nós dois seja adotado. Sabe, de repente adotaram um (ela, de preferência) e fizeram uma plástica, para que ficássemos quase iguais – como naquele filme antigo com John Travolta – ou era Johnny Depp?

Estou desviando do assunto. Ana gosta de física e de engenhocas, e até de um pouco de química, é metida a gênio e sempre cria encrencas. Eu, Carlos, gosto de idiomas, do mundo antigo, de tocar guitarra e de animais. De certa forma, pensando bem, nós nos completamos, porque ela saca de ciência e eu saco de tudo o mais... Que ela não me ouça!

Enfim, ela achou bobo eu continuar a estudar grego antigo, principalmente quando soube que o moderno é diferente, porque – disse ela:

– Nós já sabemos bem o latim. Para que aprender outra língua morta? Trate de aprender algo útil!

– Você acha que o latim é inútil, é? Preciso te lembrar que...

– Não discuto... você ganhou! Mas agora não vamos precisar de nada disso! Tudo bem que queira ir ver um monte de pedra velha e...

– Ana, para começar, nós vamos é à Turquia, porque você conseguiu convencer nossos pais de que, antes de voltarmos ao Brasil, tínhamos que ir a Esmirna para o congresso de dementes, quero dizer, de jovens cientistas, esqueceu? E aí, tenha paciência: eu vou conhecer Esmirna, onde se diz que talvez tenha nascido Homero, e, sim, vou ver as "pedras velhas" (*grrrr*), as ruínas de Troia e tudo o mais. E você vai ouvir as bobagens que os tais jovens cientistas têm a dizer, enquanto eu passeio, e depois vamos atravessar de barco para a Grécia! Atenas! O Parthenon! E...

– Pois é! Mas então não era melhor aprender logo o turco?

– Mas é claro que eles vão entender o grego por lá! Fica perto de mim para você ver.

– Mas, Carlos, é grego antigo!

– Você vai ver! E você, que gosta de ciência, deveria se lembrar do *Heureca!* de Arquimedes.

– O que isso tem a ver?

– É grego, anta!

– Sim, e daí? É cada uma!...

Com ela, é sempre assim. Batemos boca o tempo inteiro. Mas gosto demais de Ana. Prefiro, porém, que ela não saiba. Ficaria muito metida, mais metida ainda, e aí tchau!, acabou-se a pouca paz que tenho.

Tudo aconteceu assim: Ana deu um chilique por causa do congresso, e meus pais, achando que ela ainda estava traumatizada por causa de toda aquela história em Roma (é uma história longa, outra hora eu conto), resolveram que, como ainda estávamos na Itália, podíamos aproveitar e dar uma chegada até a Turquia – e aí eu me impus: nesse caso, teríamos que ir à Grécia também. Afinal, eu também tenho direitos e também podia (não estava, mas podia...) estar traumatizado pelo que aconteceu em Roma, é ou não é?

Arranjamos um lugar onde deixar Júnior, nosso filhote de leão romano (realmente, fica complicado explicar agora...), o que criou alguns transtornos, mas minha mãe, advogada – um trator –, ligou para um juiz, que ligou para um ministro, que ligou para o embaixador, que ligou... Caso Júnior resolvido.

E lá fomos nós, quatro brasileiros com onze malas, minha guitarra e um sem-número de sacolas para passar dez dias na Turquia e na Grécia. Na minha mala (quer dizer, numa delas) não tinha quase nada: levei uns manuais de grego, guias, história da Grécia, a *Ilíada* e a *Odisseia* de Homero, o novo kindle que ganhei no aniversário ("Carlos, mas com ele você não precisa levar os livros!", "Sim, mas... e se a bateria falhar?") e mais umas coisinhas. Já Ana levou seu tablet, muito turbinado ("Eu sou cientista! Preciso!"), uma série de trequinhos científicos, um manual de física em três volumões, um telescópio quase portátil, um microscópio, a filmadora e outras coisinhas.

Claro que perdemos o avião, porque o trânsito de Roma é terrível! Precisamos de um táxi do tamanho de um caminhão, que, solicitado (com a promessa de uma megagorjeta extra) aos berros pela minha mãe, furou sinais, pegou avenidas na contramão, xingou horrivelmente motoristas, pedestres e guardas de trânsito (quase atropelou um, aliás), fez os pneus uivarem feito uma matilha de coiotes, voou pela autoestrada, chegou a arrancar uma placa que estava um pouco caída e finalmente nos deixou na porta do tal de Fiumicino, onde fica o aeroporto principal de Roma (o nome é Leonardo da Vinci – adoro detalhes inúteis), com um atraso grande mas, ainda assim, antes da saída do avião. Foi inútil, porém: chegando suados e trêmulos ao balcão do check-in, meu pai escondido atrás de todo mundo, empurrando um carrinho lotado (minha mãe ia na frente, com um carrinho aceitável), Ana e eu atropelando turistas alemães e freiras tailandesas, uma sacola voando na cara de um chinês gordo que depois tentou correr atrás de mim, enfurecido (nem minha a sacola era!), digo, chegando ao balcão, uma moça pouco amigável disse que o embarque já estava fechado.

Pânico! O congresso ia começar na manhã seguinte (não que eu me importasse de verdade, mas vi a cara de desolação de Ana)! E agora?

2 (β) ▪ NO AEROPORTO

Bom, Ana, sendo assim, vamos amanhã, para Istambul, com calma, e ficamos lá uns dias; depois, Troia, que tal?

– Carlos, não! E o congresso?

Meu pai chegou empurrando o monstruoso carrinho, do qual caiu uma sacola pequena, porém pesada, bem no pé do mesmo chinês, que ainda estava me procurando. O homem deu um berro e saiu pulando e urrando de dor; meu pai nem se deu conta, tamanhos eram o barulho e a confusão, e só foi perceber que a sacola estava caída no chão porque uma senhora gentil falou com ele. Voltou rapidamente, pegou a sacola e empurrou, suando e dando pequenos gemidos (homem paciente desse jeito eu nunca vi!), o carrinho até perto de nós.

Nisso o chinês – que devia pensar que estava no meio de um complô familiar, sendo perseguido por um bando de xenófobos seriais – se aproximou ameaçadoramente, a passos largos e lentos, e sussurrei:

– Pai, aquele chinês quer me bater porque dei uma sacolada nele, sem querer!

– Tranquilo, Carlos, vou falar com ele, vai ficar tudo resolvido... Vou levar o carrinho, para o pessoal do check-in não reparar nele.

E aí meu pai, homem de paz, foi se desculpar com o chinês na hora exata em que minha mãe o chamou:

– Adriano, venha logo aqui ver a questão das passagens!

– Já vou, Cláudia... – Ele se virou e a sacola (a de número dezessete, talvez de Ana) que levava no ombro bateu na cara do chinês, que deu um berro. Meu pai pulou para trás e foi novamente para perto do chinês, pedindo desculpas em inglês. Nisso, chegou do nada um magrelo alto e gritou: – Você, seu racista, bateu no chinês por quê? –, e deu um soco certeiro na cara do meu pai, que despencou no chão, derrubando o carrinho cheio de sacolas, das quais a mais pesada foi parar novamente no pé, é claro, do chinês.

Aí chegou minha mãe, gritando; Ana foi encarar o chinês e eu, sentindo muita falta do apoio do Júnior, nosso leão, fui tomar satisfação com o magrelo. Tudo errado: o chinês ajudou a levantar meu pai e entregou a Ana um livro que tinha caído da minha sacola – ele correra atrás de nós para devolver o livro, e não para se vingar da sacolada. Depois, beijou a mão de minha mãe e disse em ótimo francês: – Madame, meus respeitos. Sou coreano e moro em Paris. – E o magrelo? Ele é que era racista, porque se mandou correndo; logo adiante, foi dar soco em um turista africano e, finalmente, foi preso por alguns guardas que tiveram muito trabalho para segurá-lo.

Fui à lanchonete buscar gelo (tive que pagar!) para colocar no queixo do meu pai, e todos cercamos o balcão de embarque, onde a moça disse que havia um voo para Atenas com conexão para Esmirna no final do dia seguinte, e outro indo para Atenas com conexão para Istambul, e de lá, ufa!, para Esmirna, no mesmo dia.

– Ótimo, vamos hoje mesmo! – Minha mãe se alegrou.

– Senhora, hoje só tem dois lugares.

– Então... os meninos vão hoje e meu marido e eu seguimos amanhã. Perfeito!

– Seus filhos são menores?

– Sim, mas não tem problema: nós autorizamos a viagem. Eles sabem muito bem se virar em qualquer situação, presente, passada ou futura (minha mãe tinha ficado muito orgulhosa com nossas aventuras).

– Senhora, não pode.

– Minha amiga, veja, eles vão a um congresso importantíssimo. O menino é um grande artista, claro, mas a menina é um gênio da ciência, e ela vai apresentar um trabalho revolucionário. Passe a carta de aceite, Ana.

– Mãe, eu não vou...

– *Cala a boca* – minha mãe sussurrou de forma ameaçadora. – Está vendo? Você vai impedir que esta jovem participe do congresso, que ilumine com seu gênio...

– Mãe!

– *Cala a boca*! Ela é um gênio, mas é tímida. Que ilumine com seu gênio as trevas deste mundo contemporâneo materialista e consumista, assolado pela repressão, pelo fundamentalismo, pelas guerras...

– Mãe, isso não tem nada a ver!

– É verdade, moça, desculpe, me deixei empolgar, sabe, sou advogada... Aliás, se a razão não for suficiente, talvez a lei possa convencê-la... Os tratados internacionais... As Nações Unidas... A UNESCO...

Devo dizer que minha mãe muitas vezes me deixa sem graça. Nunca vi ninguém mentir de forma tão deslavada. Admito, porém, que na maioria dos casos dá certo, nem que seja por exaustão do interlocutor: de fato, naquela mesma tarde, Ana e eu embarcamos. Nossos pais nos encontrariam no dia seguinte.

O primeiro avião ia para Atenas, de onde faríamos conexão para Istambul.

3 (γ) ▪ ARQUEOLOGIA

Durante o voo para Atenas, fiquei lembrando de uma conversa que tinha tido com meu pai em Roma. Ele escreve artigos de divulgação científica para periódicos internacionais e é muito bom no que faz. Sabe tudo de ciência... Perguntei se gostava de antiguidades, e ele respondeu:

– Claro, Carlos, gosto tanto que, quando adolescente, queria ser arqueólogo.

– Mas... achei que você gostasse de ciência... Você parece tão conformado, hã, tão feliz com o que faz...

– Eu gosto muito de ciência, mas sonhava com a arqueologia. Descobrir monumentos, imagine! Cavar e desenterrar uma pirâmide, ou a própria Troia! Os maias, os incas, os povos pré-históricos... Desvendar mistérios antigos, encontrar tesouros perdidos; não pelo dinheiro, entende, mas pela maravilha, o segredo, a vida de milênios atrás chegando até nós! Falar com o passado... Você bem que entende isso, não é? Conhecer a Roma Antiga!

– E por que não estudou arqueologia?

– Estava difícil, não tinha na minha cidade, eu teria que estudar fora, e à época bolsa de estudo era uma coisa rara... Não quis ser um fardo para meus pais... Você sabe como eles são legais, fariam de tudo para me bancar, mas não achei justo. Eu era bom em ciência, então... Gosto do que faço. Acho a ciência uma coisa maravilhosa, tão maravilhosa quanto os mistérios do passado. Ainda assim... Às vezes, em sonhos, estou numa escavação, numa aventura tão fabulosa quanto as de Indiana Jones!

Fiquei pensando. Curioso, ele parecia satisfeito com seu trabalho, e na verdade eu o achava um homem não muito dado à imaginação – diferente de mim, que, como é sabido, vou ser escritor. Ou músico? Ou as duas coisas?

No mesmo dia, perguntei a minha mãe se ela gostava do trabalho dela. Comecei a falar já arrependido. Para quê? Nunca vi mulher mais satisfeita consigo mesma do que minha mãe. Adora seu trabalho, seus smartphones, seus processos e, devo dizer, o dinheiro que ganha. Não que ela não seja legal: gosta dos animais, por exemplo, e é bem-humorada, uma pessoa simpática. Sem pensar, rápida como sempre, ela respondeu:

– ADORO meu trabalho! É tudo o que eu sempre quis!

Até aí, tudo conforme eu esperava. Não esperava, porém, o que ela acrescentou em seguida:

– Ainda assim... Sabe, nunca contei para ninguém, até tinha esquecido, mas, quando adolescente, li um livro de mitologia grega e romana e, coisa boba!, quis ser arqueóloga. Imagine, eu! Nada a ver. Mas quis muito, cheguei a pegar informações sobre os cursos... Depois, felizmente, conversei muito com meu pai, com meus amigos e tirei aquilo da cabeça: fiz vestibular para direito, fui a primeira do meu curso e...

– Eu sei, mãe, já me contou, ganhou medalha e tudo.

– Sim, é isso, mas às vezes ainda sinto algo diferente quando vejo certos monumentos...

– Já falou sobre isso com meu pai?

Olhou para mim com certo espanto.

– Com seu pai? E pra quê? Seu pai é ótimo, mas só pensa em ciência, é quase pior do que sua irmã! Não tem um pingo de imaginação.

No avião, fiquei remoendo essas conversas. Tirei duas conclusões. Uma é que as pessoas muitas vezes não são o que aparentam, ou, pelo menos, não o tempo todo; não conhecemos plenamente ninguém, nem a nós mesmos (é um pouco assustador, mas acho que consigo lidar com isso). A segunda surgiu enquanto falava com Ana.

– Ana, você gosta de ciência, gosta mesmo?

– Seu bobo! Claro que gosto! E sou boa nisso, eu sei! (Sempre modesta, a irmãzinha.) Já você...

– Não precisa ofender. Você sabe muito bem que não gosto dessas chatices, e nem sei se você é tão boa assim...

– Babaca!

– Agora, por favor, se você quer estudar ciência, estude mesmo! Não deixe que ninguém te diga "faça isso, faça aquilo!". Seja você mesma!

– ...

Pelo menos uma vez, Ana ficou sem saber o que dizer. Encostei na poltrona, fechei os olhos, dormi satisfeito.

Acordei quando já estávamos descendo em Atenas. Nem deu para conhecer a cidade (Puxa! O Parthenon!), porque ficamos muito pouco tempo, menos de duas horas, depois embarcamos para Istambul, de onde voltaríamos para Esmirna. Até que enfim! Só mais duas horas e pouco de voo, mais o tempo da conexão, e chegaríamos lá, com fuso horário de uma hora a mais em relação a Roma (como diz Ana, eu realmente gosto de detalhes inúteis).

Sim, estava tão agoniado, tão angustiado, queria chegar logo... Tentei ler, o tempo não passava. Fiquei ouvindo música, sempre a mesma coisa, tirei os fones e fiquei me mexendo na cadeira. A verdade é que... estava cansado! Desde cedo, as malas, aquela maluquice, o aeroporto... Aliás, eu estava entediado! O tempo andava a um segundo por hora! Muito pior do que nas piores aulas, aquelas que te dão vontade de largar a escola para sempre. E olhe que sou paciente e gosto de estudar, mas tudo tem um limite!

Queria chegar, largar Ana com os cientistas malucos dela e ir passear, ver as ruínas, pisar nos lugares por onde Aquiles caminhou! Ver as salas do rei Príamo!

Fiquei mexendo na mochila. Nada. Tudo já lido, tudo já visto. Ana estava lendo algo chato de alguma ciência complicada. Tentei puxar assunto. Nada:

– Ô Carlos, deixa eu ler! O negócio é incrível! Sabe, os antiprótons...

– Hã. Incrível mesmo. Mas escuta...

– Depois, depois, agora não posso.

Ceeerto. Ela não me deixava falar, então eu estava autorizado: meti a mão na sua mochila para ver se encontrava alguma coisa. Algo para ler, para comer, o que fosse.

Encontrei algo estranho. Puxei e, assustado, vi que estava segurando o agregador, um pequeno aparelho que Ana tinha levado do laboratório subterrâneo do Gran Sasso[2] e que de alguma forma, nem de longe entendo como, tinha sido responsável por nossa viagem ao passado – e também, felizmente, por nossa volta ao presente.

Sacudi o braço de Ana, que olhou para mim com raiva (e cara de maluca).

– O que foi agora?

– Poxa, Ana! O que é *isso*?

– Mas é óbvio, não está vendo? É o agregador.

Tudo simples, tudo lógico para ela.

– Mas... para quê?

Ana respondeu muito calmamente, devagar, como se eu fosse abestalhado:

---

[2] *Perdidos no tempo: dois brasileiros na Roma Antiga.* (N. E.)

– Ainda que nossa mãe ande espalhando mentiras, é claro que não vou falar no congresso. Ninguém me deixaria nem abrir a boca. Por enquanto, não tenho cacife... Mas pensei que posso procurar algum físico quântico, alguém que trabalhe com a teoria dos universos paralelos, cordas temporais, e contar o que houve, mostrando o agregador.

Fiquei nervoso e preocupado.

– Qualquer um te acharia maluca, te botaria à força num hospício turco e você ficaria tomando drogas para dormir até 2040. De quebra, eu ia preso também. E o sujeito ficaria com o agregador – que, claro, você deveria ter devolvido – e logo em seguida te passaria a perna e anunciaria a descoberta mais revolucionária do século XXI, aliás, do milênio. Fique na sua, estude e depois você mesma apresenta o resultado!

– O laboratório explodiu, e o agregador, se eu não levasse, se desintegraria... Mas, sim, você talvez tenha razão... Pode ser. Até que você não é *tão* bobo assim...

Ficou matutando, enquanto eu, sem nem me dar conta, mexia no agregador. Era um trequinho estranho, cheio de pequenos botões, fios e desenhos que pareciam minúsculos.

– Carlos, não brinque com o aparelho!

– Calma, não sou criança! Só queria entender como funciona... Onde é que liga? Nossa, você é esperta mesmo, para saber mexer nessas coisas! (Nada como uma boa bajulada...)

– Sim, claro, é complicado... Se quiser, depois te explico um pouco do que ele faz. Veja, ele liga aí mesmo, mas não aperte!

– Agora entendi! Aqui, né?

Nesse momento, uma turbulência fortíssima e repentina sacudiu o avião. Sacudiu? Mais do que isso: pegou o avião pela cauda e o revirou de todo jeito, como se estivesse dentro de um liquidificador enlouquecido. A aeronave rodopiou e saltitou, num tsunami cósmico, e caiu num redemoinho.

Gritos, objetos caindo, pessoas arrastadas de seus assentos – antes, com o voo tranquilo, muitos estavam sem cinto ou andavam pelo corredor –, as máscaras de oxigênio pulando na cara dos passageiros, as mesinhas batendo, os ouvidos doendo, zumbidos, o caos. Tonto de medo, apertei com força a mão direita, que segurava o agregador. Com a mão livre, agarrei o braço de Ana e comecei a falar, aliás, gritar:

– Ana, acho que...

Então fui arrastado por um turbilhão muito pior, rodando como um pião atômico de cabeça para baixo, para os lados, para todo canto: um furacão de proporções inacreditáveis. Me senti puxado e esticado e encolhido, faixas de luz e cor correndo ao meu redor com um barulho insuportável, sem alto, sem baixo, sem lados. Barulho, cores, luzes.

Breu.

4 (δ) ▪ ONDE E QUANDO?

Acordei com a cara enfiada na areia. Cuspi, virei para o lado, me belisquei... – parecia vivo. Um peso: era minha mochila, que, estranhamente, continuava presa no meu braço. Levantei a cabeça, que doía horrores, como todas as demais partes do corpo. Que trem teria passado por cima de mim? Com muito trabalho e alguns ais, consegui levantar. Aí vi que ainda estava segurando o agregador, que guardei na mochila. Lembrei. O avião. A queda. O agregador. Olhei ao redor, procurando Ana – onde eu estava? Onde estava ela? E o que tinha acontecido? Não podia ser que...

Finalmente, encontrei Ana, deitada debaixo de uma pequena moita. Corri na direção dela, que estava desmaiada, mas viva! Abracei minha irmã e consegui acordá-la.

– Ana, Ana! O que aconteceu? Você está bem?

– Não sei. Morri.

– Isso eu acho que não. Mas não sei onde estamos.

– Você acionou o agregador?

– Eh... não sei... talvez... Sabe, a turbulência...

– Idiota! Tomara que não tenhamos viajado no tempo!

– Não, claro que não!

Ela me olhou com raiva.

– E cadê o avião?

Sim, onde estava o avião? Não havia destroços ao redor.

– Mas, Ana, ainda que seja, e nem sei se aconteceu mesmo, acho que o avião ia cair... Antes vivos em algum tempo que mortos num desastre aéreo!

– Tá, tá, desculpe (milagre!), estou nervosa... Você tem ideia de onde, e quando, estamos? Também, pode ser que o agregador só tenha nos deslocado no espaço, e não no tempo! Cadê meu manual de física quântica?

– Ana, sinto muito... só temos o que está aqui conosco. Minha mochila, o que está nos meus bolsos e nos seus.

– Então vamos andar um pouco, ver se encontramos algum destroço, uma placa, alguma indicação.

– Sabe, de repente só nos deslocamos um dia ou dois, nada demais...

– Tomara... – disse ela, mas com cara de quem não acreditava muito.

O lugar era muito bonito: estávamos num pequeno promontório, de onde se via um mar maravilhoso, de um azul intenso. Tudo muito calmo, muito silencioso; soprava um vento leve que não parecia nada ameaçador. Haveria pessoas? Onde? Eu estava com fome, assustado, mas ao mesmo tempo curioso e animado.

– Carlos, estou com fome! Você tem alguma coisa para comer, ou só inutilidades?

– Não, na mochila só tenho... Nada de inútil, certo, a *Ilíada*, mas... Vamos ver se tem alguma árvore, algum fruto...

– Olhe ali, não é uma figueira?

Corremos para perto da árvore. Era uma figueira, sim! Subi rapidinho e peguei um bocado de figos, que passei para Ana, contando:

– Sabe, a Turquia produz uva e figos quase desde a pré-história, e...

– Que bom, significa que pelo menos não estamos na pré-história! Agora, pare de ser pedante, suba um pouco mais e veja se consegue avistar algo ao redor, pessoas, cidades!

Bem, ela podia ter razão. Subi por entre as folhas – era uma figueira muito alta, de quase dez metros – e, quando emergi da folhagem, lá no topo, quase caí. Não por ter perdido o equilíbrio, mas pelo susto: nada de aldeiazinha. Nada de cidade. Nada de pessoas indo tranquilamente à praia, com guarda-sóis coloridos, frescobol, crianças. Nada de singelos pescadores.

Não. Lá embaixo, na praia, numa parte do litoral que antes não dava para avistar, vi navios: não um ou dez, mas inúmeros, centenas, mais de mil! A praia toda estava tomada por navios pequenos – caberiam talvez cinquenta ou sessenta pessoas na maioria deles, mas havia alguns maiores –, equipados com velas e remos, que formavam como que a metade de um círculo enorme e abrigavam tendas, muitas, muitíssimas, para além de onde eu conseguia enxergar. Havia pessoas ao redor, lá longe, e... Lembrei de meu binóculo, mas, quando desci um pouco para pedir a Ana que o pegasse na mochila, apoiei o pé num galho quebrado e comecei a cair.

Felizmente, um galho maior me segurou: fiquei enganchado nele, de forma um pouco ridícula. Resolvi descer, com o coração retumbando – pela queda e, mais ainda, pelo que tinha visto.

– Eh, Ana...

– Carlos, você se machucou? Está todo arranhado!

– Caí, mas consegui me segurar num galho. Esqueça! É que...

– Toma um figo. Estão deliciosos!

– Sim, mas...

Peguei o figo. Estava mesmo com fome. Mas em pânico!

Engoli o figo. Bom mesmo. Senti certo bem-estar, uma sensação ao mesmo tempo de cansaço e paz.

– Passe outro!

Engoli o segundo e, enquanto pegava um terceiro, pensei: "Onde será que viemos parar?".

Comecei a falar, ainda mastigando um daqueles figos maravilhosos – as boas maneiras não importavam muito naquela situação.

– Ana, sabe, vi uns navios...

– Ótimo! Vamos lá falar com eles. Devem entender um pouco de inglês! Ou seu famoso grego...

– Ana, são muitos.

– Quantos?

– Não sei, parecem... centenas, mais de mil, sei lá.

Arregalou os olhos.

– Mil? Mas... é um grande porto? É o quê?

– Parece algo um tanto... antiquado.

Ana ficou branca e não conseguiu falar nada. Isso só acontece quando ela fica seriamente perturbada. Era o caso.

Tomei fôlego e continuei:

– Não tenho certeza, sabe, mas parece... Digo, não parecem navios muito novos... Parece que têm remos – mas, de repente, aqui é um lugar um tanto atrasado! Ou está havendo uma competição, alguma coisa de esporte...

Ana engoliu em seco, e eu podia ouvir distintamente o barulhinho produzido pelo cérebro dela – fórmulas, cálculos, probabilidades...

– E qual competição de remo acontece com milhares de navios na Turquia? Que besteira, Carlos! Vou subir para olhar.

– Mas eu não disse que já vi?

– Quero ver também. Você não disse que ia trazer um binóculo?

Ajudei-a a subir, e, quando ela olhou pelo binóculo, deu um pequeno grito.

– Carlos, não sei o que é, mas os navios e as tendas parecem bem primitivos! E consigo enxergar alguns homens, soldados, com uma espécie de armaduras bem brilhantes, lustrosas, espadas e umas lanças compridas!

– Eh, Ana, de repente estão rodando um filme histórico, tipo *O gladiador* ou *A Guerra de Troia*! – sugeri, com súbito entusiasmo.

– Poderia até ser, mas não vejo nada de moderno, nem carros, nem pessoas com roupas normais, nem câmeras...

Engoli em seco. De repente, um pensamento me atravessou a cabeça. Um filme sobre Troia, eu tinha dito. E, se não era um filme...

– Aaahhhh! – gritei.

– O que é?!

– São navios de guerra?

Eu não sabia como falar.

– E como é que vou saber? Mas, sim, já te disse, tem soldados.

– Eu... eu acho...

– Desembuche logo! O que é?

– Ana, acho que é ... a... a Guerra de Troia!

Parei para respirar. "Sim, é a guerra mesmo!", pensei.

Isso. Não tinha jeito. Não, não... teria jeito, sim. Nós éramos bons! Outra hora eu conto, mas em Roma conseguimos nos safar do circo, dos leões, do imperador maluco, do vulcão... E éramos bons porque estávamos juntos. Ela, com a ciência; eu, com a história, os idiomas e, modéstia à parte, a inteligência. Sim.

Ana ainda estava sem fala. Aproveitei para continuar.

– E se for mesmo, Troia está a uns seis quilômetros do litoral, pelo que li... Aqueles ali seriam os navios dos gregos, que sitiam a cidade!

Ana conseguiu voltar a falar:

– De... de que época é mesmo a Guerra de Troia?

– Há opiniões divergentes, mas hoje em dia, segundo a maioria dos historiadores, devemos acreditar em muitos dos dados contados por Homero, e pensando em Schliemann, o arqueólogo que descobriu a cidade antiga em 1872...

– CARLOS!

– Sim, desculpe, eu acabo me empolgando. Enfim, parece que a cidade foi destruída pelos gregos em 1184, ano mais, ano menos, enfim, 1200.

– Ué, mas então eram bem primitivos! Pensei que na Idade Média houvesse muito mais tecnologia!

– Ah... ééé... sabe, Ana, sua ignorância é... Eu quis dizer 1200 antes de Cristo!

Não sei bem o que aconteceu, mas ouvi um barulhão, vi folhas se mexendo, galhos se partindo e Ana voar para baixo, na minha direção. Abri os braços e segurei minha irmã. Claro, caímos ambos no chão, mas nenhum dos dois se machucou muito.

Ana se levantou, ainda trôpega, e pela primeira vez senti medo. Olhou para mim com uma raiva descomunal. Depois caiu ajoelhada na grama, começou a golpear o chão com os punhos e gritou:

– Não pode ser! Carlos, como foi acontecer isso? Estamos a mais de 3000 anos de casa!

Fui para perto dela.

– Ana, eu sei, é terrível, mas... 800 anos de casa, 3000, tanto faz... E vamos conseguir sair dessa! Ainda temos o agregador! Vamos tentar acioná-lo!

Peguei o agregador, segurei com a outra mão o pulso de Ana e apertei o botão. Nada. Tentei de novo. Nadica. Teria quebrado? Sacudi um pouquinho e fechei os olhos. Nadíssima.

Ana falou, com raiva:

– Não, besta, ele só funciona quando tem algum movimento extraordinário das moléculas, não sei por quê... Terremoto, vulcão, turbulência tipo tempestade... Temos que aguardar algo desse tipo... Se é que não acabou a carga, ou alguma coisa quebrou, sei lá... Nunca mais vamos sair daqui!

Tentei parecer positivo. Mas estava um tanto desanimado.

– Olha, vamos fazer assim: vamos descer, conversar com alguém, encontrar um lugar para dormir e depois pensaremos em alguma solução. Você não é um gênio? Vai resolver tudo, mais uma vez!

– Obrigada, mas estou me sentindo uma perfeita idiota. E como vamos conversar com esse povo? São uns primitivos! Eles vão é nos cortar em pedacinhos logo que chegarmos!

Começamos a caminhar em direção à praia.

– Ana, veja, primeira coisa, ainda bem que você cortou de novo o cabelo... Você vai ser meu irmão, entendeu? Em algum momento, Aquiles e Agamemnon brigam feio por causa de uma escrava, e não quero que você vire escrava de nenhum reizinho grego!

Me empertiguei: – Vou te proteger, tá?

– Confesso que me sentiria mais segura com Júnior ao meu lado... mas obrigada. Precisamos de nomes. Como vamos nos chamar?

Me calei enquanto descíamos por uma ladeira um pouco íngreme – a visão do mar era maravilhosa, e impressionante a quantidade de navios na praia, enquanto o sol baixava aos poucos atrás de nós. Senti medo, desconforto – e paz. Estaria ficando maluco?

– Você poderia se chamar Aníquetos, que significa "invencível", gostou?, e eu, Cariton, que foi um romancista grego antigo. Que tal?

– Vamos viver tão pouco, que isso nem importa muito.

– Espera, espera, tive uma ideia! E se der certo...

– O quê?

– Você vai ver.

Nos aproximamos do campo dos gregos. Era mais do que uma cidade: enorme, com tendas de todos os tamanhos e cores, divididas por blocos que, imaginei, deviam ser os exércitos das várias cidades. Um soldado estava de guarda e falou algo que reconheci vagamente como "Alto lá!", levantando ameaçadoramente a lança que segurava com a mão direita.

5 (ε) ﹅ PRIMEIROS CONTATOS

lá, meu bom homem, somos embaixadores de uma cidade muito distante e gostaríamos muito de falar com Agamemnon, seu chefe!

Rezei para ter aprendido bem o grego que estudei antes de viajar... Por que não tinha decorado aqueles outros verbos?

– Agamemnon? Dois meninos? O que querem com o grande rei dos aqueus? – (Aqueus eram os gregos, acho.) – São espiões ou o quê?

– Não, corajoso soldado, não somos espiões. Somos, já disse, embaixadores vindo de muito longe, e o rei, nosso pai, nos mandou conversar direta e unicamente com Agamemnon, o grande herói átrida.

Eu precisava reler alguns trechos da *Ilíada*... Tomara que não tivesse falado nada de muito ofensivo, porque misturei grego, latim e não sei mais o quê...

Ouvi Ana segurar a respiração. O guarda apoiou a lança no chão e disse:

– Não entendo direito o que você está falando... Vou chamar Calcas, o adivinho. Ele saberá o que fazer.

Chamou um outro soldado, que ficou nos vigiando, e se afastou rapidamente.

– O que foi que vocês conversaram, Carlos?

Relatei rapidamente.

– Mas somos filhos de qual rei? Embaixadores de onde?

– Bom, sabe, não lembro direito das relações entre os povos desta época, e se eu errar e disser que somos de um reino do qual os gregos são inimigos, aí sim, não sobreviveremos nem dez minutos... Então pensei que podemos dizer que somos da Atlântida!

– ...

– Sim, o continente que teria submergido nas águas do oceano! Sabe, no oceano Atlântico mesmo! Não é uma boa ideia? É quase verdade! Por isso somos tão estranhos, falamos diferente, aliás, você nem fala, temos roupas e trecos esquisitos, sabe? Se bobear, acham até que somos deuses!

– Carlos, você é mesmo um demente! Ninguém sabe se essa Atlântida existiu ou não, não sabemos nada dela, o que vamos falar?

– Mas é justamente isso... Ninguém sabe, nem nós, nem eles, e podemos inventar à vontade! Além do mais, podemos prever alguns fatos... Tomara que Homero tenha contado as coisas do jeito que aconteceram mesmo...

Antes que Ana conseguisse falar de novo, o guarda voltou correndo, seguido devagar por um velho vestido com certa elegância, com os olhos mais espertos que já vi – mas, aparentemente, sem maldade.

Era Calcas, o adivinho. Ainda bem que eu tinha trazido a *Ilíada*! Mais tarde – se sobrevivêssemos –, releria alguns trechos, para não cometer gafes. De repente, parei, sentindo tontura. Sim, eu tinha viajado no tempo. Sim, treinei leões para as festas da Roma Imperial. Mas aquilo... aquilo... Os heróis de Homero! E os deuses, existiriam mesmo? Estar na *Ilíada*... Não, eu não estava num livro – ou estava? Eu era real? Ana sacudiu meu braço.

– Carlos, você está bem? Sua cara está ficando verde! O homem chegou e está olhando para nós, você não viu? Ele falou algo, mas não entendi nada!

Com muito custo, consegui me recuperar. De repente, fiquei consciente de tudo ao meu redor: a noite caindo, o barulho do acampamento, os cantos dos homens, o cheiro de madeira queimando nas fogueiras, da carne assando, as ondas batendo nos navios. Levantei os olhos para o homem, que me olhava com uma mistura de curiosidade e desconfiança. Sim, eu sabia quem era ele: Calcas, o filho de Téstor, o melhor adivinho da época, aquele no qual todos confiavam, reis e escravos, soldados, heróis. Se eu conseguisse ser ouvido por ele...

– Heroico e poderoso Calcas, filho de Téstor, que sabe interpretar o voo dos pássaros, te saudamos. Somos embaixadores de um país distante, a muitas léguas daqui, e por isso peço que desculpe meu domínio incompleto do seu belo idioma.

Calcas me olhou assustado. Isso, na certa, ele não tinha conseguido adivinhar!

– Quem são vocês? Você fala de forma muito estranha! Não consigo entender muita coisa... Como sabe meu nome e o que faço? São espiões dos troianos? Suas roupas são estranhas, como suas feições!

– Não, nobre amigo, não somos espiões! Nossos nomes são Aníquetos, meu irmão, que infelizmente não aprendeu o belo idioma dos aqueus, e eu, Cariton; e, como eu disse, somos de uma ilha muito distante, que fica a meses de navegação daqui, chamada Atlântida. O rei de lá, Hadrian, é nosso pai, e nos mandou como embaixadores para oferecer a colaboração de nosso povo nesta guerra!

(Nunquinha! Além do mais, sempre gostei mais dos troianos! Os gregos eram muito nervosos, brigavam por tudo! Bom, agora eu tinha a chance de ver como era mesmo...)

Calcas arregalou o olho:

– Você disse... Atlântida?! Mas... sempre ouvi dizer que é uma terra de deuses, ou semideuses, nos mares longínquos! Como chegaram até aqui?

– Pois é isso, valente Calcas: foi uma viagem muito longa, e gostaríamos de descansar um pouco, depois de apresentar nossas saudações ao divino Agamemnon, comandante dos exércitos aqui reunidos. Amanhã conversaremos mais e contaremos detalhes da viagem.

Calcas ficou um tempo pensando, quem sabe pedindo orientação aos céus, ou aguardando uma visão, sei lá como funciona esse negócio de adivinhação. Ou talvez estivesse pensando na melhor forma de nos executar. Enquanto isso, Ana, atrás de mim, tentava entender alguma coisa – claro, ela sabia latim, mas o grego é muito diferente, e minha mistura, então... Cochichou no meu ouvido:

– O que foi que você disse? E ele? Seremos comidos no café?

– Idiota, são antigos, mas não são canibais!

– Tá bom, só vão nos fatiar e jogar no mar, aos tubarões!

– Duvido que tenha tubarões no mar Egeu. Mas seria bom se alguém tivesse leões por aqui, para você mostrar suas habilidades como treinadora de feras... Falar com os bichos...

– Algum animal haverá de ter... mas e daí?

– Eu contei aquela história, ele está pensando se vão nos fatiar.

– Já entendi. Nunca mais vou rever Júnior.

Nisso uma coruja voou perto de nós, lançando seu grito tão característico – e, devo dizer, um tanto perturbador. Calcas se iluminou, levantou a mão direita e falou, muito solenemente:

– Nobres atlantídeos, fico muito honrado em recebê-los. Demorei para decidir o que fazer porque estava esperando alguma luz dos deuses. Agora vi o voo de uma coruja branca, indo na direção da cidade de Troia: Atena, a deusa da sabedoria, mas também da vitória, sinalizou sua aprovação através do animal que é seu símbolo querido, a coruja. Os gregos, seus reis e seus povos receberão sua aliança e seu apoio com gratidão e orgulho. Venham, devem ser apresentados ao grande Agamemnon e depois descansarão na minha tenda pessoal, porque vocês vêm de muito longe e... Algo turva minha visão, mas consigo perceber que são amigos!

Fomos atrás dele, e contei tudo a Ana, que ficou feliz, mas disse:

– Veja, se ele é adivinho, está desconfiando de algo: na certa quer que fiquemos em sua tenda para nos observar.

– É, você tem razão, temos que ter muito cuidado. Preciso inventar uma boa história. E você precisa aprender logo um pouco de grego!

– Para quê? Não acho que vá dar certo...

– Deixa de ser agourenta!

Atravessamos o acampamento, que era enorme, se estendia por quilômetros e quilômetros (dez, eu soube depois). Parecia uma cidade gigante, e tinha uma espécie de barracas, por vezes muito luxuosas e grandes – deviam ser as dos reis – e por vezes bem mais simples; o interessante é que, como eu disse, eram agrupadas em blocos, o que fazia deduzir que, sim, os exércitos eram aliados, mas cada povo ficava por si. Tinha barulho, gritos, risadas, cantos, relinchos, armas ou escudos sendo polidos, e tudo era muito bonito, muito estranho. Centenas, milhares de homens barbudos olhavam para nós com curiosidade ou hostilidade; alguns chegavam a se aproximar, mas, quando viam que estávamos acompanhando Calcas, recuavam com reverência.

Chegamos à barraca mais bonita de todas, naquele que parecia ser o centro do acampamento: a barraca de Agamemnon, o general chefe, o comandante de todos os gregos, o rei de Micenas!

Calcas nos fez entrar, falando rapidamente com os guardas, e nos introduziu à presença do rei, que estava sentado, bebendo em uma linda taça de cerâmica algo que devia ser vinho. Calcas se aproximou, falou baixinho durante uns dois minutos e Agamemnon se levantou, vindo na nossa direção. "É agora!", pensei. "Vai nos matar!"

6 (ς) ▪ A BEBIDA DO REI

Que nada! O homem alto, barbudo, com jeito de muito forte, vestido com um saiotinho curto, usando por cima uma couraça leve, pintada de ouro, que cobria só o tronco (será que dormia com ela?), o comandante grego, rei de Micenas, veio na nossa direção e me abraçou com entusiasmo (quase me matou, isso sim, apertando minhas costelas) e depois abraçou da mesma forma Ana, que segurou um gritinho (e disse baixinho: "bruto!").

– Amigos! – rugiu Agamemnon –, sejam bem-vindos! Calcas, o divino adivinho, me disse que vocês são príncipes, embaixadores do fabuloso reino de Atlântida! Tenho certeza de que, com a ajuda de seu povo, a conquista de Troia virá ainda mais cedo!

(Mas eu sabia bem que a coisa ia demorar dez longos anos! Em que altura da guerra estaríamos?)

Respirei, me empertiguei todo, para parecer mais com o que poderia ser um príncipe cheio de altivez e berrei:

– Magnífico rei, filho do grande Atreu, agradecemos sua hospitalidade e confiança! Amanhã contaremos tudo sobre nossa ilha e transmitiremos com detalhes a mensagem do rei nosso pai. Agora, porém, é tarde, e mais do que nosso cansaço, sei que pesa o seu da batalha, como sempre, vitoriosa. Pedimos autorização para nos recolhermos, felizes com o começo de uma duradoura amizade entre nossos povos!

(Tem que bajular esse pessoal, aprendi isso em Roma. Não dá para dizer "Aí, amigão, tudo resolvido?". Não, tem que ficar elogiando: e os pais, e os deuses, e isso e aquilo...)

– Têm razão, nobres Cariton e Aníquetos, todos merecemos descanso! Hoje mesmo eu lutei durante mais de dez horas, e comecei derrotando Bianor, e depois Isos, lutei como uma fera com Ântifos – que, claro, derrotei – e persegui aquele miserável Antímacos, que teve a ousadia de se opor a mim, ao átrida, rei dos aqueus, rei de Micenas, comandante dos gregos...

E foi adiante. Vi Calcas bocejando escondido, observei a cara de desespero de Ana, tentei prestar atenção. Agamemnon finalmente parou e bradou:

— Mas onde estou com a cabeça? Criseida, venha logo, traga taças e mais vinho para os jovens heróis bárba..., digo, estrangeiros, e cadeiras para eles!

(Eu sabia que, para os gregos, os estrangeiros eram bárbaros...)
Virou-se para mim e disse:

— Criseida logo trará tudo. É filha de um sacerdote, uma boa escrava, digna de mim, do rei entre os reis!

Criseida, coitada, levou tudo — era uma moça assustada e linda, vestida de uma forma que lembrava um pouco a das romanas, um vestidinho branco, comprido, com jeito de lençol.

Estava quase indo ajudá-la quando lembrei que, supostamente, eu era um príncipe, pessoal notoriamente folgado, e fiquei parado. Ela nos serviu o vinho — era vinho mesmo (aprendi depois que era da Turquia, o Pramnio,[3] um vinho tinto), e foi uma coisa demorada: a bebida estava numa grande ânfora, na qual ela colocou também mel e água quente; depois, pegou algo que parecia queijo e começou a ralá-lo sobre a boca da ânfora. Misturou tudo, colocou ainda umas especiarias e serviu o negócio em taças de ouro, cada uma com quatro asas, nas quais dava para segurar: passou uma para Agamemnon, que já acabara o que estava bebendo, uma para mim, uma para Ana e outra para Calcas. Ana sussurrou:

— Eu não bebo esse troço! Além do mais, a gente não toma vinho, somos menores de idade!

— Cala a boca, você viu que é misturado com água, deve ser leve — ou você prefere ser fatiada? Imite os gestos do grandão e finja que está bebendo, como faz com o licor de jenipapo de nossa avó!

---

[3] O Pramnio é um vinho citado na *Ilíada* e na *Odisseia*, e que até hoje é uma incógnita para os cientistas. (N. E.)

Ela sorriu amarelo e, como eu, observou Agamemnon, que levantou sua taça, agradeceu aos deuses, falou mais uns cinco minutos e finalmente traçou tudo de um gole só. Levantamos a taça, falamos "Viva!" em português (o idioma dos atlantídeos!) e fingimos tomar um gole.

Que troço intragável! Só o cheiro já me detonou! Comecei a tossir, Ana fez um barulho estranho; respirei fundo, levantei a taça e, com o outro braço, bati nas costas de minha irmã com um grito (um cacarejo, mas tudo bem) de alegria, fingindo comemorar. Ela soluçou, levantou a taça e, com outro "Viva!", tomou mais um falso gole.

Agamemnon, todo alegre, entornou mais uma taça e mandou encher as nossas. Fingimos beber e depois olhei para Calcas e Agamemnon e suspirei:

— Grandioso rei, grande adivinho, meu irmão e eu estamos bastante cansados pela longa viagem. Podemos retomar as conversas sobre nossa profícua e vitoriosa aliança amanhã?

— Claro, jovem príncipe! Com certeza vocês estão exaustos! Amanhã iremos juntos à batalha e depois, tendo matado um bom número daqueles frouxos troianos, conversaremos sobre a aliança, na frente de um bom assado de gazela! — rugiu Agamemnon alegremente.

Calcas tossiu e, sorrindo, falou com calma:

— Magnífico comandante, sua vontade é lei, mas só quero lembrar que os jovens príncipes são, justamente, jovens, apesar de tão altos e vigorosos, e os deuses querem que só adultos participem das batalhas. Além do mais, se algo acontecer... — Parou, olhando nos olhos de Agamemnon, que disfarçou um poderoso arroto — nossa aliança com a fabulosa Atlântida não será estreitada.

— Humm... — rosnou o grandão. — Calcas, que ideia mais maluca que você teve, mandar à batalha os amáveis Cariton e Aníquetos! Nossos jovens convidados não vão lutar, pelo menos por enquanto... Até amanhã, meus jovens príncipes! — (Arroto.)

Nos despedimos e seguimos Calcas (meu herói!) até à tenda dele. Passamos por dezenas, centenas de tendas, cidades e cidades inteiras de soldados, escravas, escravos, artesãos que ainda consertavam espadas e escudos com clangores estridentes, cavalos, galinhas e porquinhos, crianças que corriam por entre as tendas — claro, se a guerra estava rolando fazia anos, era natural que houvesse crianças —, fogueiras onde ainda estavam reunidos os soldados que comiam e cantavam, risadas, choros vindos das tendas onde vivera alguém que tinha morrido na batalha. Passamos por uma tenda lindíssima, protegida por vários soldados, todos baixinhos, iluminada por muitas tochas de metais preciosos. Espiei rapidamente e vi um homem novo, bonito, muito forte, vestido com roupas luxuosas, que chorava como um menino. Chorava de dor e desespero, partia o coração. Olhei para Calcas, que, com tristeza, contou:

— Algo muito triste aconteceu... Pátroclo, o parceiro do herói maior entre tantos heróis que se congregam aqui, o parceiro de Aquiles, foi morto em combate. Sim, o grande herói que está chorando é o divino Aquiles, nobre filho de Peleu. Tempos duros virão!

Fomos para a tenda de Calcas, espaçosa e confortável, que nos reservou uma área grande, onde colocou umas peles para nos deitarmos e outras para servirem de cobertor.

— Nobres príncipes, estão com fome? Querem que as escravas tragam algo para vocês?

Lembrando do assado de gazela, agradeci delicadamente e pedi um pouco de fruta, que prontamente nos foi servida. Ana então olhou nervosamente ao redor e me perguntou:

— Onde será que posso tomar banho? E... eh... usar o banheiro?

— Ana, você é doida? Aqui é muito mais antigo do que a Roma de Nero! O máximo que você vai ter é um buraco na areia, lá fora! E esqueça o banho — ou você quer que todo mundo saiba que é uma moça?

— Tá, tá, eu sei, mas... Cansei de fingir que sou um rapaz! Você pode fazer tudo! Você fala, organiza e não se disfarça! Chega!

— Eu sei, eu sei, mas seja razoável, agora estamos aqui, não tem muito jeito. Aliás, você, que sabe tudo, pode me dizer por que será que chegamos justamente nesta época? Poderíamos ter ido parar no século XIII d.C., ou no mês passado... ou, quem sabe, no futuro!

A crise estava contornada. Vi aquele brilho no olhar de Ana, que esqueceu banho e injustiças e começou a pensar, falando como que sozinha:

— Sim, de fato, por quê? Estive pensando a respeito. Hummm... Se pensarmos na teoria de Lasky... Mas por outro lado há o problema da constante de Micks... E a curvatura do espaço-tempo... e outras amenidades do tipo.

Enquanto isso, fui comendo um bocado de fruta e fingi que estava ouvindo. De repente, Ana deu um grito:

– Claro! Foi você!

Com a boca ainda ocupada por um maravilhoso e suculento figo, não consegui ter uma expressão muito inteligente e mugi algo tipo "hooum?".

– Claro, seu besta! Não sei o que houve, mas o agregador de alguma forma reage àquilo em que você está pensando... Que coisa estranha! Poderia reagir ao que eu, muito mais inteligente, estou pensando... Mas escolheu você... Por que será?

E toca a fazer mais reflexões. Enquanto ela matutava, também fiquei perplexo. Deixando de lado a avaliação muito equivocada que Ana fez das nossas inteligências, algo era realmente perturbador. Se o agregador se conectava com meus pensamentos, com meus desejos (Roma, Troia à época da *Ilíada*), ele era... vivo? Pensava? Mas era uma máquina!... Botei a mão na mochila e peguei o pequeno aparelho. Agora parecia inócuo, desligado, inútil. Mas...

– Carlos, é isso. Quando tem uma tempestade ou algo parecido, quando tem um terremoto, a erupção de um vulcão, evidentemente os íons atmosféricos, acelerados e em colisão, provocam no agrega-dor uma resposta que, por um lado, causa a conexão dos neutrinos e antineutrinos com seu (diminuto) cérebro, e por outro movimenta o que tem ao redor dele (no caso, você e eu) através do espaço-tempo na direção daquilo em que você está focalizado.

Senti uma onda de entusiasmo.

– Então, se eu, com meu gigantesco e poderoso cérebro, ficar pensando muito no nosso tempo, poderemos voltar?

– Sim, mas só com turbulência, terremoto ou coisa parecida. Se não tiver nada desse tipo, ficaremos aqui...

Esmoreci.

– Ah, não sei, Ana. Vamos dormir um pouco e amanhã veremos o que fazer.

7 (ζ) ▪ HISTÓRIAS DE CAVALOS

Acordamos com o barulho dos preparativos para a batalha. Ainda bem que não íamos lutar! Fui falar com Calcas, que me olhou, inquieto, e falou baixinho:

– Nobre Cariton, tive sonhos confusos e preocupantes. Vi a coruja branca, a de ontem, arrastada por uma tempestade. Vi um vasto oceano escuro que engolia uma espécie de enorme e estranho navio. E vi um homem que se transformava em mulher. Não sei o que está havendo e tenho receio pelo futuro. Esta guerra já se arrasta há dez anos...

("Então", pensei, "estamos perto do fim da guerra!")

– ...e tantos nobres heróis foram para o mundo de Hades...

(Ou seja, morreram: Hades é o deus do mundo inferior e dos mortos.)

– ...heróis dos dois lados, porque os troianos também são valorosos e não merecem a destruição, que é nosso objetivo e nossa missão. Os deuses nos punirão por isso! E quanto a vocês, nobres príncipes de um país tão distante, tão fabuloso... algo me escapa, e sinto angústia, minha visão está cega.

O pobre velho estava perturbadíssimo. Resolvi tentar acalmá-lo.

– Sábio Calcas, tentarei ajudá-lo a compreender seus sonhos. Posso contar com sua amizade?

– Evidentemente, nobre Cariton. Vocês estão sob minha responsabilidade, ligados a mim pelo pacto de aliança e pelas leis de hospitalidade que todos os gregos observam como sagradas!

– O navio arrastado pela tempestade foi o nosso...

(Nosso avião, claro.)

– ...que naufragou no vasto oceano. Foi uma grande tragédia, e por isso chegamos aqui sem nossos soldados e nossos guardas. A coruja, símbolo da sabedoria e de Atena, deve representar nosso mestre, que estava viajando conosco e foi tragado pelas ondas. E o homem... bom, a realidade é que no nosso reino as mulheres têm muita liberdade, participam das decisões e até das batalhas, como... como as Amazonas!

– Sim, nobre Cariton, ouvi falar dessas valorosas guerreiras!

– Mas, durante a viagem, percebemos que aqui não é assim, e por isso nosso mestre sugeriu que minha irmã gêmea fingisse ser um rapaz. Aníquetos é uma moça. Peço sua ajuda para que isso não seja descoberto...

– Agora entendo tudo! Obrigado por sua confiança, meu nobre príncipe, e não tenha receio! Vou proteger seu segredo. Precisamos conversar muito sobre seu reino! Agora vou pedir umas roupas para vocês.

Boa pessoa, o tal Calcas.

Vestidos como os gregos – uma espécie de vestidinho cor de areia, de um tipo de algodão cru, com um cinto no qual se amarrava a espada – fomos passear pelo acampamento com Calcas. A maioria dos soldados já tinha ido à batalha. Aparentemente, era um compromisso diário, uma rotina: todo dia, batalha pela manhã, de tarde consertar os estragos, de noite socializar e fazer farra. Encontramos alguns que evidentemente estavam feridos ou doentes, e chegamos a um grande estábulo onde havia cavalos, alguns negros e outros brancos, todos fortes e ao mesmo tempo esbeltos – certamente, pertenciam aos soldados feridos, porque os outros cavalos também tinham ido trabalhar. Olhei para Ana, que me olhou de volta, sinalizando que tinha entendido. Ela se aproximou dos cavalos, enquanto eu explicava a Calcas que Aníquetos não falava grego, mas, como todas as filhas gêmeas dos reis de Atlântida, e só elas, podia falar com alguns animais. Ele me olhou como se eu fosse um tanto maluco, e ficamos esperando enquanto Ana sussurrava algo, depois fazia estranhos barulhos e parecia assobiar, soprar, estalar a língua, tudo olhando nos olhos dos cavalos, que a observavam com muita atenção. De repente um avançou na direção dela e devagar, com muita delicadeza, levantou a pata direita e a colocou no ombro de Ana. Ela continuou falando e acariciou o focinho do cavalo. Outro cavalo também se aproximou e colocou a pata no ombro dela. Muito suavemente, Ana falou alguma coisa e os dois se ergueram nas patas traseiras, ao mesmo tempo, e ficaram esperando, com a cara inteligente e bondosa virada para ela.

Calcas ficou de queixo caído.

– Aníquetos, quero dizer, nobre príncipe, isso é magia!

Quem diria, né? Ana – tão bruta, aparentemente tão insensível – tem o maior jeito com os bichos. Depois daquele curso de comunicação com os animais e da experiência com os leões em Roma, consegue falar com todos. E eles fazem o que ela quer! Talvez seja porque ela não manda, mas pede, trata-os com respeito. E isso é algo que, mais inesperadamente ainda, veio de nossa mãe, que, mandona, petulante até, com as pessoas, tem o maior respeito para com os bichos e nunca maltrata nenhum deles.

Continuamos a visita ao acampamento. De repente, Calcas parou, quase gritando:

– Agora entendo! Os cavalos! Temos que ir logo, correr para falar com o nobre Odisseu, o rei de Ítaca, que não foi à batalha porque está preparando um cavalo de madeira, uma invenção que, ele diz, ajudará muito na guerra contra os troianos. Que os deuses ajudem, porque o cerco a Troia parece não ter fim, e há dez anos estamos longe de nossas casas, de nossas famílias, de nossos súditos, nesta guerra inútil que só nos trouxe lutos, perdas e dores!

Chegamos à tenda de um homem vestido elegantemente e com os olhos que brilhavam de inteligência – dava para adivinhar que era o rei de Ítaca, o mais esperto entre os gregos, o mais curioso de novidades, o mais descarado dos trapaceiros, o mais mentiroso dos loroteiros: Odisseu. Usava uma barba curta e o costumeiro vestidinho e estava cercado por homens que transportavam grandes troncos de árvore, serravam, pregavam, amarravam numa enorme estrutura, que devia ter dado muito trabalho: o famigerado cavalo de Troia!

Odisseu olhou para nós com curiosidade e leve desconfiança, mas sem inimizade. Dirigiu um olhar de interrogação a Calcas, que rapidamente (pelo que permitia a cerimônia real) nos apresentou, contou nossa história – a que ele sabia – e disse que um de nós, o que não falava grego, falava com os cavalos, o que, considerando a empreitada que ele, Odisseu, ia realizar, era certamente um ótimo sinal dos deuses. Tudo isso está resumido, porque Calcas, no "rapidamente" dele, falou mais de vinte minutos. Ô povo que gostava

de lorotas! É claro: sem televisão e sem internet, de fato havia mais conversas! Meu avô bem que tinha razão!

Olhei rapidamente para Ana e vi que estava estranha. Olhei de novo. O que será que minha irmã tinha? Sorri para Odisseu, falei uma banalidade qualquer e olhei para ela mais uma vez. Finalmente, entendi e entrei em pânico. Só tem uma coisa que Ana admira, que a mobiliza, e é a inteligência. Odisseu era muito, mas muito inteligente, e isso transparecia nos gestos, no olhar, no tom de voz. Bonito? Sei lá. Sei que Ana ficou olhando para o rei trapaceiro com cara de boba, de menina romântica, e fiquei bravo. Com tantos problemas! Isso era lá o momento de pensar em namoricos?!

Disfarçadamente, dei um chute na canela de Ana, que soltou um "ah!" e me encarou com ódio. Sorri educadamente e, olhando nos olhos de Odisseu com jeito aberto e honesto (difícil, quando se fala um monte de mentiras, mas o que fazer?), relatei mais umas historinhas sobre nossa viagem e disse que nosso pai, o grande rei Hadrian, também sabia adivinhar o futuro e nos tinha ensinado um pouco dessa arte.

— Por exemplo, grande rei de Ítaca, a conversa de Aníquetos com os cavalos e os sinais das aves que vi no céu me ajudaram a entender um pouco o futuro próximo, e posso adiantar que essa sua empreitada engenhosa, essa sua invenção genial em forma de cavalo terá grande êxito e levará a guerra a uma conclusão positiva para o valoroso exército grego. Seus feitos serão lembrados nos tempos vindouros por muitas e muitas gerações!

Odisseu me olhou desconfiado.

— Nobre Cariton, o que sabe sobre o cavalo?

— Sei aquilo que os deuses me permitem ver, grande rei; sei que você planeja esconder guerreiros nele e...

— Jovem príncipe, não fale mais nada. Por enquanto, só os deuses e meus homens mais fiéis sabem das minhas intenções... Estou admirado e agradeço sua presença. Aliás, para honrar mais ainda minha aventura, convido você e seu irmão, nobres amigos, a participarem da missão, que acontecerá amanhã de manhã – o cavalo está quase pronto e não podemos perder mais tempo. Com vocês do nosso lado, os troianos não têm como ganhar! Agora vou conversar com o chefe dos chefes, Agamemnon, para organizar tudo.

Sorri amarelo, enquanto Ana continuava olhando embasbacada para Odisseu.

– Obrigado por esta maravilhosa prova de confiança, grande rei! Participaremos orgulhosamente da heroica missão!

Mais tarde, a sós com Ana, expliquei o que tinha se passado.

– Carlos, afinal, quem é o bonitão?

Respirei fundo. Bonitão!

– Ele se chama Odisseu, mas nós o conhecemos por Ulisses.

– Odisseu? Ulisses? Por que dois nomes?

– Os romanos, por alguma razão, o chamavam de Ulisses. Mas, se você pensar que ele é o protagonista da *Odisseia*, o outro nome faz mais sentido, né?

– Enfim, tanto faz. Então ele nos convidou para ir com ele? Que emoção!

– Ana, talvez você não tenha entendido. Lembra da história do cavalo de Troia?

– Sim, acho... Um presente que os gregos mandam aos troianos, tem uma armadilha...

– Eles fingem que foram embora, como se estivessem cansados da guerra, ateiam fogo no acampamento, escondem os navios atrás de um grande promontório e deixam o cavalo de madeira na praia. O cavalo é enorme, você mesma viu, e tem uma portinhola na barriga. Dentro, tem muitos guerreiros gregos escondidos, caladinhos. Os troianos, bobos, acreditam que acabou tudo, que estão livres, e levam o cavalo para dentro da cidade, achando que é um presente, uma oferenda aos deuses. Aí fazem festa até tarde, para comemorar o fim da guerra; dormem relaxados depois da farra e, de madrugada, os guerreiros gregos saem do cavalo, abrem as portas da cidade, deixam entrar os outros, que tinham voltado às escondidas, e tomam a cidade praticamente sem resistência.

– Mas isso não se faz! É desonesto!

– É, mas fazer o quê? E a parte melhor é que nós vamos com eles, e, se os gregos não nos matarem, os troianos cuidarão do assunto.

– Mas por que os gregos nos matariam? Não estamos com eles?

– Acho, e acredito ter razão, que Odisseu ficou desconfiado. Dois desconhecidos estranhos, que chegam logo antes da trapaça do cavalo... E eu fiz a besteira de falar que sabia que ele queria esconder soldados dentro do cavalo... Ele deve achar que somos espiões. Nos colocando no cavalo, ele nos mantém à mão, sob controle. E se fizermos algo estranho, uma facada ou golpe de espada encerra o assunto!

– Carlos, como você foi gostar desta época?! Povo desconfiado, brutos, monstros! Com os romanos era mais fácil. Lembre que é culpa sua! Se tivesse pensado em algo mais civilizado, mais moderno, não estaríamos nesta situação.

O pior era que ela tinha razão. Passamos o dia sem ânimo, vendo o acampamento ser tomado às pressas por muitos preparativos e por uma estranha agitação.

À noite, conversei mais um pouco com Ana.

– Vou reler a *Ilíada*, para ver o que acontece, certo? Temos que nos preparar. Não se preocupe! Bolarei um plano!

Nos abraçamos, e Ana foi dormir.

Peguei a *Ilíada* na mochila e tentei encontrar a parte que falava do cavalo: tinha uma sensação esquisita, de que me faltava algo...

Dei um grito que acordou Ana. Ela veio para perto de mim, sacudindo meu ombro:

– O que foi? Que deu em você?

– Você nem sabe... Eu trouxe a *Ilíada*, mas deixei a *Odisseia* na mala, no avião!

– Sim, paciência, a *Odisseia* fala da viagem de Odisseu, não é? O importante é ver o que acontece agora!

– Mas é isso! A *Ilíada* termina aqui! A história do cavalo só é contada na *Odisseia*! Eu esqueci! E ainda não li toda a *Odisseia*, porque queria ler tudo em grego e andava um pouco devagar!

– E agora?

– Agora, Ana, estamos fritos mesmo!

8 (η) ▪ A CIDADE EM CHAMAS

Ainda de madrugada, Calcas foi nos acordar.

– Príncipes, vocês têm que entrar no cavalo! Tentei dissuadir Odisseu, mas o corajoso e teimoso rei não quis ouvir razões! Não ousei contar que Aníquetos...

– Obrigado, nobre Calcas. Será uma honra participar desta aventura! – falei com escassa sinceridade.

– Príncipe Cariton, será muito perigoso, mas espero que os deuses vigiem vocês, jovens amigos... Aqui tem água, comida e umas armas. Odisseu dará tochas a todos. Boa sorte!

Guardamos tudo na minha mochila (não ia me separar dela por nada!) e corremos para a clareira onde estava o cavalo. Embaixo dele havia vários homens – no total, entramos no cavalo com outros quarenta. Obviamente, Odisseu já estava lá. Trapaceiro, mas corajoso.

Ao redor, os outros guerreiros iam às pressas para os navios, queimando tudo o que ficava. À luz das chamas, vimos os navios saindo, enquanto ouvíamos gritos, relinchos, ordens, a crepitação das tendas tomadas pelo fogo...

Entramos no cavalo. Tentamos nos acomodar, sabendo que passaríamos cerca de 24 horas lá dentro.

Odisseu foi falar conosco.

– Jovens príncipes, fico honrado com sua presença!

(Sei: nós que ousássemos não ir!)

– Estes, nobre Cariton, são os melhores heróis da Grécia!

E, numas duas horinhas ou pouco mais, me apresentou os outros quarenta, contou os feitos de cada um, do pai, do avô, dos irmãos, onde moravam, como eram suas cidades... Cumprimentei todos, expliquei quem éramos (na ficção, claro), enfim, fiz o social.

Em seguida, falando baixinho, expliquei a Ana quem eram aqueles homens, alguns dos quais eu conhecia pela leitura da *Ilíada*, como Diomedes, Ájax, Menelau, e o que ia acontecer.

– Veja, aquele barbudo...

– Todos têm barba! Que gente sem imaginação!

(Suspirei.)

– O barbudo com aquele escudo grande, vestido sem muita elegância, é o rei de Esparta, Menelau, irmão de Agamemnon.

– O beberrão?

– Ele mesmo. Segundo a *Ilíada*, Menelau era marido de Helena, a bonitona, que o deixou por Páris, charmoso príncipe troiano; o povo de Esparta já gostava de uma guerra, e ele, largado pela mulher daquele jeito, chamou os outros reis da Grécia, armou um exército enorme, que você viu, e começou o cerco a Troia, para ter a mulher de volta e, de quebra, se vingar.

– Tanto trabalho só por isso? Helena deve ser muito bonita, mesmo! Mas bem que ela tinha direito de se apaixonar por outro, não é?

– Tinha, sim, mas deve haver outras razões para a guerra, uns querendo mandar na área: Troia era muito rica, deviam ter inveja, medo de que crescesse muito, sei lá...

As horas passaram devagar. O acampamento ficou completamente silencioso, até que começamos a ouvir outros barulhos: os troianos, avisados por seus espiões, tinham chegado para conferir se realmente era verdade que os invasores tinham ido embora tão de repente. Ouvimos vozes, a princípio falando baixo, depois gritos e depois algo que, inequivocamente, podia ser interpretado como "Viva!", cada vez mais alto. Chegaram perto do cavalo e discutiram bastante. Uns davam pancadas com as espadas, outros quiseram queimá-lo (íamos morrer assados?! Não traduzi nada para Ana, mas podia ler a preocupação em seus olhos), brigaram, ouvi até um duelo, gritos, choros, uma mulher berrando com voz lamentosa e trágica. Finalmente, imagino que usando cordas, os troianos começaram a puxar o cavalo. Para jogá-lo no mar? Não, os pobres idiotas acreditaram na história da carochinha do presente aos deuses e estavam levando o cavalo para dentro da cidade. Fiquei tão dividido... Não queria que eles fossem derrotados, sobretudo daquele jeito, mas, se destruíssem o cavalo, íamos morrer da forma mais cruel... Não podia avisá-los, porque estava com Odisseu (o peste era esperto mesmo!)... Não podia fazer nada. Só esperar.

Depois de muitos "Oooohhh! Puxa!", horas depois, o cavalo parou. Estávamos, ao que tudo indicava, em Troia! Mais espera. E ouvimos cantos, danças, gritos de alegria, urros de bêbados, mulheres e homens fazendo festa, alegres vozes de crianças... Finalmente, apesar do barulho, dormi.

Logo em seguida (me pareceu), Odisseu nos acordou.

– Cariton, Aníquetos, é hora! Não façam barulho! Não se preocupem, vou ficar perto de vocês!

O safado! Para ver se íamos avisar alguém!

Saímos da barriga do cavalo. Troia estava silenciosíssima, pessoas dormindo em todo canto, espalhadas pelo chão, e até os guardas estavam encostados nas muralhas, no maior ronco. Eu olhava com tristeza para os prédios, as ruelas, aquele mundo que não teria tempo de conhecer. Seguimos Odisseu, que, pé ante pé, foi abrir a porta principal da cidade. Lá fora estavam escondidos alguns soldados gregos, que entraram sem fazer barulho, enquanto um deles ficava e acendia uma tocha para sinalizar aos outros, escondidos mais longe, que o caminho estava livre. A noite estava um breu.

De repente, começou o inferno: gritos, urros, choros, chamas para todo lado, fumaça, barulho de armas, lutas. Corremos para uma viela escura, procurando nos proteger e sair do meio das lutas. Ana estava em pânico (eu não, evidentemente... que nada! Estávamos ambos quase paralisados pelo medo, pelo horror). Nisso, ouvimos um choro de criança. Um menino de uns três anos estava preso numa casa em chamas! Corremos para lá; Ana cobriu boca e nariz com um lenço molhado (viva minha mochila!) e, subindo nas minhas costas, conseguiu retirar a criança do primeiro andar da casa tomada pelo fogo. A mãe, que estava do lado de fora arrancando os cabelos, agarrou a criança e gritou algo que não entendi. Pensei rápido, segurei-a pela mão e fomos correndo para a porta da cidade, agora escancarada e livre. Falei apressadamente que a cidade estava cheia de gregos e que ela e a criança tinham que fugir. Demos à mulher o que tínhamos de comida e água e a vimos correr na noite, carregando a criança. Será que conseguiram sobreviver?

Voltamos devagar para dentro da cidade, pensando em procurar um esconderijo. Então, Ana parou e perguntou:

– E se fugíssemos agora? Como aquela mulher? Por que ficar aqui, no meio deste caos?

– Pode ser. Aqui não tem muito jeito, temos que nos mandar! Já fizemos o que podíamos, salvamos aquele pessoal, e...

De repente, um estrondo, fagulhas, toras incendiadas, fumaça! E uma casa desmoronou quase nas nossas cabeças, fechando o caminho. Estávamos presos!

– Ana, venha, vamos dar a volta, vamos embora!

Corremos por umas vielas bem escuras, procurando nos manter afastados das praças, onde a luta continuava – apesar de os troianos estarem sendo derrotados impiedosamente. De repente, demos de cara com um enorme palácio, aparentemente dividido em três blocos: devia ser, só podia ser o palácio de Príamo, o rei de Troia! Por um instante, esqueci o incêndio, a guerra, as lutas e os gritos, as mortes e as cinzas e fiquei pensando em tudo o que tinha lido antes da viagem. Pouca coisa, porque, quando precisava de alguma informação, eu nunca lembrava, nunca sabia de nada! Mas sabia que Príamo era o rei idoso e bondoso, apesar de firme, cujo palácio era lendário pelo tamanho e pela beleza. Procurei voltar à realidade: uma ala do palácio já estava em chamas, e pessoas caíam das janelas mais altas, aos berros. Olhei para Ana e falei, depois gritei para que ela me ouvisse:

– Vamos entrar, Ana... Poderíamos nos esconder por aqui... Ou, de repente, podemos salvar alguma criança...

Ana rosnou:

– Você quer é conhecer o palácio! Mas vamos entrar, sim. Parece que estamos perdidos, e daqui a pouco alguma flecha pode nos atingir...

O palácio estava tomado pelas chamas e pelos soldados gregos, e havia pessoas correndo para todo canto, mulheres, crianças, feridos. Entramos com cuidado e corremos para o bloco central; após passarmos por três grandes átrios – toda hora trombávamos com alguém que estava correndo para um ou outro canto –, de repente chegamos à sala do trono.

Era enorme, com pinturas nas paredes e outras decorações que mal consegui enxergar através da fumaça grossa, que também tornava difícil respirar. Na sala, uma mulher segurava uma criança pequena em um braço e, com a outra mão, uma espada, com a qual lutava furiosamente contra um grego grandão. Nem pensei: chegando por trás, dei uma rasteira no grego, enquanto Ana jogava uma espécie de tapete na cabeça do bruto (uma mulher! com criança pequena!); talvez não desse para ele ver quem o tinha atacado. O grandão caiu ruidosamente, enquanto a mulher aproveitava para correr para outra sala. Fomos atrás dela, para ver se podíamos fazer algo e para fugir do brutamontes, e chegamos a um aposento que devia ser do rei ou de alguma rainha: deu tempo de ver uma banheira cavada no chão. Não vimos a lutadora e ouvimos barulho e gritos atrás de nós. Avançamos correndo por um corredor, até chegarmos a uma sala cuja parede tinha sido derrubada pelo fogo. Havia chamas altas, traves de madeira enegrecida caindo, faíscas... E atrás de nós vinha o bruto! Parei, sem saber o que fazer. Ana pegou minha mão e sussurrou:

— Vamos, não tenha medo!

Medo, eu? Nunca! Só estava refletindo... Me deixei puxar por ela, que correu através das chamas. Depois de um tempo que pareceu infinito, o corpo todo chamuscado, saímos numa pequena rua. Continuamos a correr.

Já quase sem fôlego, os pulmões ardendo pela fumaça, ensurdecidos pelos gritos dos combatentes e dos que estavam aprisionados pelos incêndios, chegamos a um largo cheio de fumaça, cinzas e madeira em chamas. Através da fumaça, vimos Odisseu acuado por três inimigos: de repente, um dos três conseguiu desarmá-lo; mas, antes que o golpeasse, vi Ana correr e, com um grito, bater com a empunhadura de sua espada na cabeça do troiano, que desmaiou. Enquanto eu corria para perto dela, os outros dois troianos atacaram Ana, e começamos a lutar, sem jeito e com desespero. Nossos adversários, porém, tinham esquecido Odisseu, que recuperou sua espada, os afugentou e correu atrás deles.

Parei, as mãos nos joelhos, para respirar. Depois gritei, enfurecido:

— Você é louca?!

— Pensei que estivesse preocupado comigo.

— Estou, claro! Você está bem? Aliás, estou vendo que está ótima, só é uma idiota maluca! Mas... mas que ideia, se meter na luta!

Sozinha! Contra três inimigos! Você acha que é uma super-heroína? A mulher maravilhosa, uma supermulher, o quê? Isso aqui não é brincadeira, não é um filme, se você for ferida, é real, entendeu?

— Eu sei, claro, sei, mas é que... ele ia ser morto pelos troianos! Ele é tão...

— Ahhhhh! Chega de idiotices! Ele é um soldado antigo, um bruto, um trapaceiro! Você não é personagem de um romance de amor! Aliás, você nem gosta de romance de amor!

— Não é você que dizia que os antigos não são brutos? Ele é tão inteligente... charmoso...

— Desisto. Vamos embora logo, antes que cheguem outros troianos.

Estávamos perdidos, isso sim. Rodamos um pouco pelas ruas e finalmente conseguimos ver a porta principal da cidade. Antes, porém, de conseguirmos passar por ela, vimos Odisseu, que, sujo de sangue, suor, poeira e fumaça, nos abraçou com entusiasmo.

— Nobres amigos, meus jovens heróis! Não vou esquecer que salvaram minha vida! O escravo Eumeu vai levá-los agora para o meu navio...

(O acampamento tinha sido todo queimado, para enganar os pobres troianos.)

— ...para vocês descansarem e se alegrarem pela vitória. Amanhã conversaremos e comemoraremos nossos feitos!

E ali acabava nossa esperança de fuga. Mas pelo menos estávamos indo embora da cidade moribunda.

9 (θ). A VIAGEM

O dia seguinte foi só de festa entre os gregos. Cantos, música (os homens tocavam uma espécie de flauta, tambores e uns chocalhos de metal, era um barulho terrível), muita bebida, um bocado de gazelas assadas, gritos e alegria. Enquanto as festas rolavam, caixas e caixas de ouro e joias eram levadas para os navios. Muitos prisioneiros, amarrados em fila indiana, choravam e gritavam enquanto eram empurrados para os barcos: seu futuro seria como escravos em longínquas cidades gregas. Vi uma mulher muito bonita, já meio coroa, perto de Menelau – devia ser Helena.

Não conseguia lembrar o que aconteceria com Helena: não tinha lido nada a respeito e fiquei me perguntando qual seria o futuro dela. Sentia pena: no fundo, ela tinha sido raptada por Páris, de quem gostava, sim, mas possivelmente nem *tanto* assim. Agora, depois de dez anos com Páris, voltava para Esparta com Menelau, detestada por seu povo e carregando, ainda, a culpa de ter sido a causa de uma guerra tão demorada e sangrenta. Ela parecia cansada e sofrida, e, reparei, tinha um hematoma no rosto. Dureza ser mulher naquela época!

Aliás, pensando bem, em quase toda época... Nunquinha que Ana ia poder estudar, se tivesse nascido no passado! Teria casado com 13 ou 14 anos, tido um bocado de filhos e, a depender do século, teria morrido antes dos 35, analfabeta ou sabendo mal e porcamente ler e escrever seu nome. Sim, pensando bem, os dias de hoje são muito melhores. Pena que minha irmã seja tão chata, às vezes. Mas antes chata e cientista maluca do que chata e ignorante frustrada.

No meio do cheiro de churrasco e da correria para carregar os navios de tudo o que podia ser arrancado de Troia – da qual já não sobrara praticamente nada: de longe se via uma fumaça negra, espessa e assustadora, que cobria toda a área da antiga capital da região –, ficamos pensando em qual seria nosso destino. Enquanto não houvesse terremotos ou tempestades, não tínhamos como fugir de lá. E, aliás, melhor não fugir mesmo, porque pelo menos agora Odisseu nos tratava com real benevolência, cheio de gratidão por termos impedido que os troianos o matassem. Em outros lugares, quem nos protegeria?

De fato, de manhã o rei Odisseu tinha aparecido todo alegre e simpático, anunciando que no dia seguinte zarparíamos para Ítaca, a ilha dele.

– Vocês, jovens príncipes, irão comigo, já que a guerra acabou com tanto êxito para nós e aqui não temos mais nada a fazer. Minha frota – doze navios bonitos e rápidos, golfinhos do nosso lindo mar

Egeu – zarpa amanhã, e vocês, naturalmente, viajarão no meu navio. Serão meus hóspedes na corte de Ítaca, onde finalmente poderei rever minha esposa, a rainha Penélope, e meu filho, Telêmaco, que deixei quando tinha acabado de nascer. Depois de uma temporada lá, onde me honrarão com sua presença, gostaria de ir com vocês até a terra de seu pai, Hadrian, o nobre rei de Atlântida, para conhecer essa nação lendária e ser o primeiro dos gregos a visitá-la – eu, da pequena ilha de Ítaca! Aí estreitaremos uma aliança que será motivo da inveja de todos em Esparta, Argos, Creta!

Engasguei com o ar e comecei a tossir.

– Carlos, você está parecendo um pimentão! Está roxo! O que houve?

– Nada, Ana, depois explico...

Tossi mais um pouco, sorri, tentando parecer entusiasmado, e cacarejei para Odisseu:

– Que ideia mais maravilhosa, meu grande rei! Quanta honra para nós!

– Então estamos conversados! Amanhã bem cedo vamos zarpar. E Odisseu se afastou, cheio de alegria.

– O que foi, Carlos? – perguntou Ana, pálida de preocupação. – Você está com uma cara... Preciso aprender esse idioma logo! Nunca sei o que se passa!

– Não se preocupe, Ana. Teremos muito tempo para você aprender o grego. Ele vai nos levar pra Ítaca, neste barco mesmo.

– Bom, pelo menos não vamos ficar aqui no meio dos escombros de Troia.

– Sim, e tomara que a viagem não demore dez anos, como diz a *Odisseia*.

– Dez anos?! Você é louco? ELE é louco?! Ou seja, não vou à faculdade, vou ficar velha aqui no meio dos brutos, navegando sem rumo pelo Mediterrâneo? Mas por mais que o navio seja uma casca de noz, como pode demorar dez anos para chegar a essa Ítaca?

– Não lembro direito, já te disse, li só alguns trechos da *Odisseia*, mas faz tempo, e sou tão idiota, ai! (dei um soco na beirada do navio e quase quebrei a mão – pelo menos, era madeira boa...), sou tão idiota que deixei o livro na mala; a esta altura, deve estar sendo comido pelos tubarões.

– Pelo que sei, não tem tubarões nesta parte do mundo.

– Grande consolo. Mas o fato é que não lembro por que demoram tanto. De repente... (pensei com alívio) de repente a *Odisseia* se enganou, quero dizer, eram dez meses, e Homero, o autor, achou que eram dez anos.

– E por que ele seria tão besta?

– Ah, sei lá. Mas, pensando bem, pode ser pior... Quando chegarmos em Ítaca, depois de um tempinho – e deve ser pouco mesmo, porque já vi que ele não é do tipo que sossega e fica quieto descansando, barriga para cima na rede –, ele quer ir conhecer nosso pai, no nosso reino.

– Qual reino?!

– Atlântida!

– Mas ela não existe!

– Por isso fiquei preocupado! Não tem gratidão que vá nos ajudar! Ele vai ficar possesso, quando souber que só contamos mentiras!

No dia seguinte, zarpamos. O sol tinha acabado de nascer e encandeava o mar às nossas costas. Se eu não estivesse tão preocupado, estaria feliz: tudo era bonito e ao mesmo tempo estranho, mágico, algo do passado que eu reconhecia instintivamente, mas que me escapava, e eu tentava captar seu sentido... Concluí que melhor mesmo era deixar que as coisas fluíssem, sem perguntas demais.

Os doze navios de Odisseu, carregados de ouro e joias, cheios de soldados gregos e de escravos troianos, navegavam rápidos, empurrados pelo vento do mar Egeu e pelos remos dos escravos. Dos primeiros dias não lembro nada: Ana e eu ficamos com enjoo o tempo inteiro, sem conseguir nem abrir os olhos. Odisseu foi me perguntar como tínhamos conseguido sobreviver durante a viagem de Atlântida até Troia, se sofríamos tanto assim no mar; levantando a cabeça com dificuldade, respondi que nosso povo, o dos atlantídeos, realmente não se dava bem no mar, e que a viagem tinha sido um pesadelo, mas tínhamos uma missão, conferida por nosso pai, e por isso tínhamos aguentado bravamente.

Quando conseguimos melhorar um pouco, vi que, apesar dos remadores, a força dos ventos tinha afastado o navio da rota a ser seguida: Odisseu estava preocupado, porque os dias passavam sem que conseguíssemos atracar, e, como havia muitas nuvens no céu, ele não conseguia, através da posição das estrelas, entender onde estávamos. Agora, tempestade que é bom, nada!

10 (ι) ▪ A ILHA DAS FLORES

A certa altura, dois dos nossos navios, os últimos da pequena frota, foram atacados e tomados por piratas. Sim, piratas! Ainda havia isso, não bastassem as guerras e tudo o mais! Naquele tempo! Mas era assim. De longe, não deu para ver muito. Adeus, heróis!

Finalmente, após umas boas três semanas, conseguimos alcançar terra firme. Os marinheiros e os soldados gritaram vivas e correram para procurar uma fonte: precisávamos de água fresca. Descemos cambaleando: definitivamente, não nascemos para ser marinheiros, Ana e eu. Nunca senti tanta felicidade como quando pisei na areia da terra desconhecida. Perguntei a Odisseu onde estávamos e ele me disse que não fazia a menor ideia. Alguns homens foram procurar os moradores da ilha e não voltaram. Odisseu ficou preocupado e mandou outros homens, com mais armas.

Nada. Nem os primeiros, nem os segundos voltaram. O rei escolheu outros homens, e então sugeri:

– Nobre rei, filho de Laertes, meu irmão e eu gostaríamos de ir também, mas ficando um pouco atrás: se subirmos numa árvore, poderemos ver o que está acontecendo com os homens, pois desse jeito não vai sobrar nenhum.

– Boa ideia, nobre príncipe, mas vocês vão conseguir enxergar?

– Nosso pai nos deu um presente que recebeu do deus do mar, Poseidon... Permite ver longe como se fosse perto.

– E como pode ser isso?!

Tirei o binóculo da mochila.

– É isto, nobre Odisseu. Estes... estes círculos são feitos de uma matéria... que é como o vidro que se usa para unguentos e perfumes, mas é diferente; na verdade, Poseidon fez com água do mar sólida, aqui, olhe, transparente, e os círculos mágicos possibilitam que a gente veja longe. Olhe para lá – e coloquei o binóculo diante dos olhos de Odisseu.

O rei deu um pulo e deixou cair o binóculo, com um grito sufocado. Respirou fundo e depois, com um entusiasmo que tentava disfarçar o medo, exclamou:

– Que maravilhosa magia! Aquela árvore veio aqui para perto de mim! E onde está ela agora?

Peguei o binóculo do chão – felizmente, sendo areia, as lentes não tinham se quebrado – e expliquei que não era bem assim:

– Bom, nobre rei, parece que a árvore veio, mas na verdade ela não se mexeu. Foi uma magia diferente: foram seus olhos que se aproximaram da árvore, por causa dos círculos de água sólida...

(Foi o modo que encontrei para explicar as lentes.)

Odisseu pegou novamente o binóculo, fascinado.

– Isto teria sido muito útil durante a guerra contra os troianos...

– Sim, nobre rei, mas você conseguiu derrotá-los, mesmo sem magia!

(Nada como uma bajulação...)

Expliquei tudo a Ana, que, ainda no navio, logo que se recuperou um pouco, tinha começado a estudar grego comigo, mas estava ainda no beabá. Não gostou muito da ideia ("E se forem selvagens? Se quiserem nos comer?"), mas acabou indo comigo. Fomos com cinco gregos, guiados por Creteu, o chefe da pequena expedição, e com três escravos troianos, que, tendo perdido as esperanças de voltar para casa, tentavam se acostumar com sua nova condição – aliás, no navio, eu vinha conversando com alguns deles, um pessoal super maneiro. Andamos até avistarmos uma clareira onde havia alguns homens. Então subi numa árvore e fiquei olhando pelo binóculo.

– Creteu, estou vendo os outros gregos! Estão vivos, estão bem! Estão sentados com os nativos, todos comendo algo estranho... parecem flores...

Decidimos ir até lá, pois parecia tudo tranquilo. Mas por que os homens não voltavam?

Chegamos até a aldeia e os nativos, em tudo iguais aos soldados de Odisseu a não ser pelas roupas, que eram verdes, nos receberam com alegria e gentileza. Falavam algo parecido com o grego, mas eu não conseguia entender muita coisa. Deixei Creteu com eles e fui falar com os itacenses. Vi um que eu conhecia um pouco melhor:

– Ificlo, corajoso amigo, tudo bem? Por que vocês não voltaram ao nosso encontro?

Ificlo me encarou com um olhar bondoso e vazio:

– Meu jovem, quem é você? O que está fazendo aqui?

– Mas, Ificlo, sou eu, Cariton! Ainda hoje de manhã você me ensinou a atirar com arco e flecha!

– Desculpe, jovem amigo, mas eu não sei, não lembro...

Falei com outro:

– Agelau, amigo, vamos voltar? Odisseu está nos esperando, e precisamos levar algo para comer!

– Quem é você? Quem é Odisseu? Devem ser gente boa! Aqui todos são bons...

Corri para perto de Ana:

– Ana, não sei o que está acontecendo, parece que todos ficaram abobados! Ninguém lembra de nada!

– Estão com uma cara estranha mesmo... Mas não parecem machucados, nem assustados... Tomaram alguma coisa?

– Não sei... De longe, vi que estavam comendo flores.

– Flores? Pode ser algo venenoso!

– Não sei, mas, por via das dúvidas, não coma nada!

Justamente naquele momento, um nativo se aproximou sorrindo e, com jeito bondoso, nos ofereceu um prato cheio de flores brancas e delicadas, que exalavam um perfume delicioso. Estiquei a mão, e Ana exclamou:

– Carlos!

Sorri, peguei umas flores e fingi colocá-las na boca – na verdade, ficaram na minha mão. Observei Creteu, que pegou as flores e, antes que eu pudesse avisá-lo, engoliu algumas. Olhei atentamente para ele. Parecia estar bem – aliás, estava com um sorriso deliciado, inebriado, como se tivesse comido a melhor iguaria do mundo (um sorvete de chocolate com chantilly, por exemplo). Pensando bem, as flores tinham cheiro de... chocolate! Cochichei:

– Ana, o cheiro é bom, é de chocolate!

– Deixa de ser besta, o chocolate é americano, não tinha na Europa, principalmente nesta época! Deixa eu ver... Mas... chocolate nada, o cheiro é de torta de limão! Vou experimentar!

Cheirei as flores outra vez. O perfume era irresistível, e, definitivamente, era de chocolate: eu sei bem, adoro chocolate! Mas chocolate e limão... nada a ver!

– Ana, espere! Não coma nada! Do que você gosta mais no mundo? Digo, depois da ciência?...

– De torta de limão, claro! Vou comer só uma... – E levou a flor à boca.

– Espere, espere, por favor, você quer morrer aqui?! E o Júnior?

Era o ponto fraco de Ana. Cheirou a flor, vi a luta se travando dentro dela, e baixou a mão.

Olhei de novo para Creteu. Parecia feliz, mas um pouco bestificado.

– Amigo Creteu, as flores têm gosto de alguma coisa em especial?

– Jovem amigo, sim, têm perfume e gosto de vinho, do bom vinho da minha ilha, cheiroso e denso, doce e macio... Mas quem é você? É um dos moradores desta ilha maravilhosa? Os deuses protejam vocês e suas flores!

E saiu dançando, numa alegria só. Abraçou uma moça nativa, rodopiou, deu gritinhos e foi procurar mais flores.

– Ana, você entendeu?

– Ele disse, pelo jeito, que as flores têm gosto de vinho. Povo cachaceiro!

– Ah, deixa eles se divertirem! Mas significa que cada um sente o sabor daquilo de que mais gosta...

– E aí fica abestalhado e esquece tudo!

– Vou chamar Odisseu, porque precisamos fazer algo. E vê se não come nada! Aliás, você vai, porque se eu esquecer tudo, vai ser ruim, mas se você esquecer, eu não entendo nada de ciência...

– Ainda bem que reconhece seus limites... Mas você fala grego. Vamos juntos, e pronto!

Fomos nos afastando devagar, jogando sorrisos e beijos ao nosso redor. Na clareira, era só alegria. Povo dançando, uns cantando, outros dando gargalhadas... Umas meninas teciam colares de flores, que colocavam no pescoço dos itacenses; estes dançavam com os escravos troianos, tocavam flautas e tambores com os nativos, num barulho ensurdecedor, rodopiavam e riam. Ninguém dava muita bola para nós, e finalmente começamos a correr.

De longe, eu já gritava para Odisseu:

– Nobre rei! Você precisa ir conosco! Nossos soldados e marinheiros não querem voltar!

– Como, não querem? Ousam desafiar minha autoridade? – rugiu Odisseu.

– Não, é que comeram algo mágico, esqueceram tudo, só querem dançar e comer flores!

Odisseu parou, preocupado. Contei o que tinha se passado e ele ficou mais preocupado ainda.

– Amigos – ele disse, depois de um tempo. – Não podemos perder tempo. Nossos homens estão lá, prisioneiros, ainda que, aparentemente, sem maiores prejuízos, e não podemos ir embora sem eles. Vocês vão me ajudar? Precisamos sair desta ilha... Temos que convencê-los a voltar!

11 $(\iota\alpha)$ ▪ SAMBANDO

Nobre rei – falei, meio sem fôlego –, eles não voltarão! Estão felizes, comendo flores e dançando com os moradores da ilha!

– Sendo assim, príncipe Cariton, temos que trazê-los à força! Meus soldados podem ser em número menor que os nativos da ilha, mas com certeza são bem mais treinados e corajosos: esse pessoal só deve comer flor e dançar, vai cair fácil, fácil... Vamos derrotá-los, matar todos!

Fiquei assustado, mas tentei manter uma cara surpresa:

– Corajoso Odisseu, o problema é que os nativos parecem inofensivos, para que matá-los assim?

(Que mania de matar todo mundo!)

– Príncipe, é a guerra!

– Eu sei! Mas seus soldados, os que estão lá comendo flores... não se lembram de nada, estão felizes, e vão lutar contra nós!

Odisseu parou para pensar.

– É um problema... Não quero perder aqueles homens, são valentes e têm muita experiência! E corremos o risco de ter muitas baixas. Repetir o truque do cavalo? Eles não lembram nada mesmo... Mas vai demorar, e estou querendo zarpar logo.

Ana, olhando para Odisseu com a costumeira admiração – ele não precisava dizer nada de inteligente, podia ser mau... ela gostava, e pronto –, pensou um pouco e falou baixinho:

– Carlos, diga que podemos laçar os itacenses, como fazem com o gado, sabe, nos rodeios... Vamos com muitos homens, atraímos os nossos para fora da clareira, laçamos e levamos todos, amarrados como salames, para o navio. Aí eles não terão condição de lutar, e zarparemos em paz.

– Sim, é uma ótima ideia, mas como vamos fazer para atraí-los? Eles estão lá, dançando e comendo flores, e dificilmente vão querer se afastar.

Odisseu ouvia, tentando entender algo. Falei apressadamente:

– Tenha paciência, nobre rei, e perdoe falarmos no nosso idioma. Aníquetos ainda não consegue falar a maravilhosa língua dos gregos.

De repente, Ana gritou:

– Carlos! Carlos! Que tal se a gente os atrair com uma musiquinha? Está com o celular?

– Eu não sou como você... Está descarregado! Mas... Vamos cantar!

– Cantar?

– Sim, algo bem alegre... Algo dançante! Aí eles vêm na nossa direção, e podemos laçá-los!

– Mas eu sou desafinada!

– Eu não! Eles vão amar!

– ...

Contei a ideia para Odisseu, que ficou entusiasmado.

– Amigos, e vamos cantar o quê?

– Uma música da nossa terra que se chama "samba"! Bem alegre!

– E vamos amarrar os soldados de que forma?

Expliquei como funcionava o laço. Ele aprovou, e passamos as horas seguintes preparando os laços, usando as cordas do navio, e treinando a música. Depois chamamos os soldados e organizamos tudo.

Já tarde, Odisseu veio para perto de mim com cara preocupada.

– Nobre príncipe, se entendi bem, as flores dos ilhéus cheiram maravilhosamente. Como vamos impedir que os soldados, e até nós, sejamos seduzidos por esse perfume? Aí comemos as flores, esquecemos tudo... e estamos perdidos!

Pensamos durante algum tempo. Ele tinha razão, era mesmo um problemão.

Nisso, tive uma ideia:

– Corajoso rei, se o problema é o cheiro... Vamos tampar o nariz, socando uns pedaços de tecido nas narinas!

– É isso! Sim, príncipe Cariton, pode funcionar...

– Vamos fazer um teste! An... Aníquetos, venha aqui!

Ana se aproximou rapidamente.

– Você acha que podemos tapar as narinas, para não sentir o cheiro daquelas flores?

– Sim, acho que sim, mas como vamos saber se funciona? Espere, já sei! Chama aquele soldado ignorantão, o bruto, porque mesmo que ele esqueça tudo, não vai fazer falta...

– Mas, Ana!

– Deixa comigo!

Ela adora uma experiência. Preparou os tampões para o nariz, chamamos o brutamontes, Polibos, e Ana tirou da minha mochila um lenço que continha algumas daquelas flores.

– Você guardou isso, sua louca?

– Nunca se sabe. Andar com você significa estar pronta para qualquer coisa, deste mundo e dos outros. Preciso estar precavida.

Enfim, tampando as nossas com a mão, colocamos a flor debaixo das narinas cheias de tecido de Polibos.

– Cheire, valente amigo, por favor.

O bruto cheirou, cheirou de novo, fez cara de enfado, deu um arroto e disse:

– E daí?

– Você não está com vontade de comer a flor?

– Eu? E eu lá sou uma vaca, por acaso? São uns bárbaros, esses estrangeiros!

Problema resolvido.

No dia seguinte, antes do nascer do sol, fomos quase todos – narinas devidamente tampadas – na direção da clareira onde ficava a aldeia. Só ficaram perto dos navios os guardas, os marinheiros e os escravos. Caminhamos silenciosamente pela floresta, até nos aproximarmos da clareira.

Então os soldados se esconderam atrás das árvores, cada um preparado, com uma corda, para laçar os esquecidões. Odisseu, Ana e eu ficamos atrás de uma grande moita, e começamos a cantar. Sim, começamos: quem disse que Odisseu quis ficar de fora? Quando estávamos ensaiando, ele berrou: "Música boa, essa da sua terra! Eu também quero cantar!". Não levava muito jeito, mas... Eu tinha escolhido um sambinha bem esperto, daqueles que botam para dançar crianças e vovós, gatos e galinhas, mesas e, se bobear, até as árvores!

Então, "um, dois, três!", e começamos. Ana não tem ritmo nenhum, uma lástima. Odisseu, em certos momentos, miava um pouco, mas tinha ritmo. Eu, claro, modéstia à parte, sou ótimo cantor. Pena que fiquei um pouco fanhoso, por causa dos tampões, mas tenho classe, dá-se um jeito. O conjunto ficou tolerável, e de repente nossos soldados começaram a acompanhar! Não sabiam a letra, mas cantarolavam seguindo a música – afinal, tinham ouvido nossos ensaios. Ficou estranho, mas não dava para ignorar:

O samba da minha terra
Deixa a gente mole,
Quando se canta, todo mundo bole...

Depois de... sei lá, nem dois minutos, começou a aparecer gente. Nativos e itacenses, todos loucos de curiosidade e rebolando de forma desajeitada. Os soldados, bem ligeiros, laçavam os nossos e os escondiam atrás das árvores, rápido! Logo que pegamos todos – treze homens –, corremos para os navios. Os soldados – tínhamos escolhido os mais fortes – carregavam como pacotes, jogados no ombro, os itacenses abobados, que, amarrados como salames, não podiam se rebelar (nem gritar: tínhamos providenciado umas mordaças), enquanto alguns ficavam perto da aldeia, segurando – sem violência, espero – os nativos.

Chegando aos navios, jogamos os salames nos barcos e começamos a zarpar, enquanto os outros soldados chegavam correndo. Os navios começaram a se afastar, empurrados pelos remos, e vimos os nativos na praia, olhando com tristeza para nós. Até acenaram. Não eram maus, não mesmo! Só queriam companhia. E dança.

12 (ιβ) . O POETA

A boa notícia foi que, três dias depois de termoszarpado – portanto, três dias sem comer flores –, aos poucos os esquecidões começaram a lembrar. Até então, tiveram que ficar amarrados, porque queriam se jogar no mar, para nadar na direção da ilha e de suas flores. Mas parecia que acordavam devagar, com cara de confusão, um pouco de susto e, em certos casos, de vergonha (*"Eu* fiquei comendo flores e dançando? Eu, o terror dos inimigos, eu que derrotei um pequeno exército sozinho e sem armas?"* Modestos, os fofos).

Nossa frota navegava de forma mais tranquila, com o mar menos revolto (logo, menos enjoo para nós). O tempo passava, Ana estudava o grego, eu conversava com Odisseu e os marinheiros. Que cabeça, o Odisseu! Esperto, sonso, sagaz... Eu receava que ele descobrisse que a história da Atlântida era tudo balela, mas o que podia fazer?

Eu gostava de bater papo – aliás, gosto. Fico puxando conversa, ouço "causos", vou aprendendo; e os gregos adoravam papear! Um dia, fiquei conversando com um marinheiro que tinha um olho vendado. "E como foi isso, amigo?" Esperei que ele contasse quão bravamente tinha lutado, que matara não sei quantos com uma mão só (nunca vi povo mais mentiroso!) e blá-blá-blá.

Mas ele me surpreendeu.

– Meu jovem príncipe, não foi em batalha.

Olhei-o, surpreso.

– Como foi, então, valoroso itacense?

– Na verdade, nem itacense sou. Nasci na ilha de Quios, para onde espero voltar antes de partir para o reino de Hades...

(Ou seja, morrer: o pessoal ali nunca dizia as coisas diretamente...)

Esperei ele falar mais.

– E não sou soldado. Fui a Troia para observar os eventos, sabe, acompanhar a guerra, ver os heróis, poder contar a história. Sabia que os melhores de todos os gregos estariam lá e queria cantar os feitos deles e dos infelizes troianos.

– Cantar como?

– Num belo, grande poema! Eu tenho talento para compor, e boa memória! Está tudo na minha cabeça, e, quando chegarmos ao nosso destino, vou escrever e passar os próximos anos de minha vida cantando minha obra.

– Mas... e seu olho?

– Ah, isso foi maldade de Agamemnon. Ele achou que eu estava espionando, fuxicando, que ia escrever maldades sobre ele, porque brigou com Aquiles por causa de Criseida; ficou possesso e jogou uma taça de vinho contra meu rosto. Taça de vinho, entendeu? Uma taça de ouro. Não teve jeito. Perdi o olho...

– Que pena, amigo! Ainda bem que sobrou um olho... Preciso ir agora. Qual é seu nome mesmo?

– Nobre príncipe, meu nome é Homero.

Fiquei sem fôlego. Homero! O grande poeta, o primeiro, o autor da *Ilíada* e da *Odisseia*, na minha frente! Mas ele não tinha nascido em Esmirna? Enfim, quem se importa! Conversamos um tempinho mais, depois ele se despediu gentilmente, e eu corri para procurar Ana, contar aquela maravilha. Imagine! Conversar com Homero, ouvir como ele tinha escrito tudo, saber...

– Ana, Ana!

– O que foi agora? Estou aqui decorando verbos, mas que idioma infernal é esse!

– Deixa de verbos, escuta! Sabe... – eu quase não conseguia falar – Sabe aquele homem, o marinheiro com o olho vendado?

– Sei.

– É Homero!

– E daí?

– Ana, deixa de ser ignorante! Homero, o escritor da *Ilíada* e da *Odisseia*!

– Jura?! Acha que é ele mesmo? Você viu algo escrito?

– Não, ele estava falando e acabei percebendo quem era; nesta época, quase ninguém sabe ler.

– Bem que eu disse, é um bando de brutos, além do mais, analfas!

– Mas, Ana... Em muitos lugares, nem escrita existe... E eles têm muita cultura, sim, só que oral! Eles decoram tudo, têm muita memória, não são como nós, que não lembramos nada! Se não anotar no tablet ou no celular, você mesma nem lembra o endereço de casa!

– Ai, que mentira, que exagero! Mas sim, numa coisa você tem razão...

(Que milagre foi esse?!)

– ...depois que chegamos neste inferno, notei que me lembro mais das coisas; mesmo agora, por exemplo, estudando grego, aprendo mais fácil, mais rápido!

– Claro, porque é como eu te disse, eles têm cultura, sabem muita coisa – coisas com as quais nós não sabemos lidar: da natureza, por exemplo – mas é tudo transmitido uns aos outros pelo papo, nas conversas, na música... Os mitos, as lendas, a história... Sabe, pelo que Homero me disse e pelo que entendi, os poetas compõem, quando muito escrevem um rascunho, um copião, só para fixar os fatos principais; e depois, na

hora de apresentá-los, improvisam, emendam, criam um texto novo...
E decoram, contam para os outros e cantam, com música mesmo...

– Aquela ladainha chata?

– Bom, cada um com seus gostos... Enfim, cantam seus textos para os outros, que são o público. Não tem cinema, não tem internet, o pessoal se diverte do jeito que pode... Lembra, lá no campo perto de Troia tinha rodas de homens em volta do fogo, com música e canções – pensamos –, mas as canções eram poemas! E pense nos repentistas, nos cordéis do Nordeste! E também, a letra das músicas não é mesmo um poema? (Eu já estava me empolgando.)

– Sim, mas se não escreviam, como chegou até nós, por exemplo, a *Ilíada*?

Fiquei pensando.

– Ah, sei lá, em algum momento, quando mais gente sabia escrever, alguém se deu o trabalho de ouvir os poetas cantores e anotar tudo!

– Pode ser... Tá, vou conversar com esse Homero, quero saber mais sobre isso... Você acha que eles têm alguma ciência mesmo?

Logo depois, porém, atracamos numa pequena ilha, para pegar água e comida – desta vez, Odisseu não quis procurar os habitantes, para não termos outras surpresas –, e quando voltamos aos navios, percebi que Homero não estava. Perguntei aos outros, e me disseram que o comandante de outro navio tinha solicitado a presença dele, não sabíamos por quê. Achei que o reencontraria outra hora, mas na verdade isso nunca aconteceu. Eu tinha encontrado Homero, e o perdi!

13 (ιγ) ■ A ILHA DOS CICLOPES

Passaram-se mais quatro semanas. Já nem enjoávamos mais, e estávamos torrados de sol. Aprendemos a mexer nas velas do nosso barco e, para fazer um pouco de exercício, remávamos uma hora por dia. Odisseu dizia, divertido:

– Mas, nobres príncipes! Isto é trabalho para um escravo!

E Ana, que já estava falando direitinho (nunca tão bem como eu, claro, mas enfim...), respondia:

– Um príncipe tem que saber tudo sobre seu povo, o trabalho e o lazer! E os escravos também são seu povo, nobre Odisseu! Eles são gente! Não podem trabalhar o dia todo sem descanso! Merecem repouso, têm direitos!

Odisseu balançava a cabeça, nos achando malucos. Um dia, porém, ele me chamou e disse:

– Nobre Cariton, onde estão meus escravos troianos, os três que tinham ficado presos na ilha?

Pensei rápido e, com calma muitíssimo falsa, respondi:

– Poderoso rei, eles não obedeceram ao chamado da nossa canção, você mesmo viu.

– Pelo contrário, eu os vi no meio dos outros, e depois, na correria, esqueci de procurá-los.

– Realmente, não sei, mas todos os que foram ao nosso encontro foram amarrados e trazidos para os navios.

– Na próxima parada, vou procurá-los nos outros navios. Preciso deles: serão um dos meus presentes para Penélope, minha linda esposa, a rainha de Ítaca, a mais sábia entre as mulheres... (etc. etc. etc.)

Felizmente, a parada seguinte foi tumultuada, e Odisseu se esqueceu dos escravos. Na verdade, eles tinham atendido ao chamado do sambinha, sim – e eu os conhecia bem, conversava com eles sobre Troia, o rei Príamo, a guerra... Antímacos, Sarpedonte e Eufórbio eram seus nomes. Tinham corrido para a clareira onde estávamos cantando e, no meio da correria, os deixamos amarrados – de leve, se soltariam logo – atrás de uma moitinha e fomos embora. Fizemos mal? Não sei. Mas eles estavam lá, amarrados e rindo:

– Hi-hi! Musiquinha boa! Cante mais, amigo!

Antes dançar e rir no meio de um povo amigável, ainda que um pouco esquisito, do que escravos dos itacenses!

Mais uns dias no mar e atracamos numa grande ilha rochosa, com uma natureza áspera – vegetação rala, espinhenta, terra seca e rachada, sol a pino. Procuramos água e comida, encontrando pouco dos dois, e procuramos habitantes da ilha, mas não vimos nenhum. A ilha era estranhamente silenciosa, um pouco assustadora, sem habitações, sem porto, sem navios, sem pessoas, nada de crianças, nada de cantos. Finalmente, de longe, vimos um rebanho de cabras. Havia alguém!

Os brutos itacenses não se fizeram de rogados e pegaram logo um bocado de cabras, com as quais fizeram um luxuoso churrasco. Ana foi atrás das restantes, querendo puxar papo, mas elas, claro, fugiram assustadíssimas, subindo por uma ladeirinha íngreme, e sumiram.

E aí foi aquela farra: os homens comeram a tarde toda, tomaram vinho, cantaram e, pouco a pouco, dormiram na praia mesmo. De manhã, logo cedo, Odisseu resolveu contornar a ilha no menor dos navios, para procurar os habitantes: foram com ele vinte homens e, claro, Ana e eu, os dois intrometidos!

Navegamos bem próximo da praia, vendo a escassa vegetação arrasada pelo sol impiedoso – a temperatura devia beirar os 45°C! –, e, depois de um tempo, avistamos uma gruta, diante da qual havia um cercado com algumas cabras; as outras, imaginamos, deviam estar pastando. Atracamos e fomos procurar os pastores, mas não havia ninguém. Entramos na gruta, que era muito escura e enorme, alta, um tanto fedorenta – não dava para enxergar direito, porque a luz só entrava pela abertura, e não tínhamos tochas. Aos poucos, porém, os olhos foram se acostumando com a escuridão, e vimos que era um lugar onde certamente morava alguém, mas não conseguimos entender quantas pessoas, nem achar móveis, ainda que primitivos.

– Carlos, estou com medo! Vamos sair! – sussurrou Ana.

– Eu também não estou tranquilo... Espere, tenho a lanterna de bolso... Mas este lugar é assustador mesmo.

Eu estava procurando a lanterna na mochila, da qual não me separava por nada ("Hábito dos atlantídeos, nobre rei Odisseu!", eu dizia), quando ouvimos um barulho parecendo um terremoto, do lado de fora, e de repente a pouca luz que vinha da abertura sumiu, como se a noite tivesse chegado antes do tempo.

Um vozeirão gritou: – Tem alguém aí? Tem gente? – mas não era bem uma voz, parecia mais o estrondo de um trovão! Uma mão gigante, tateando no interior da caverna, conseguiu agarrar um dos

nossos, que foi erguido e ficou gritando desesperado, coitado: gritava e urrava, e reconheci a voz de Teucro, um rapaz novinho, que gritou um tempo e, depois, mais nada.

Com alguma dificuldade, conseguimos ver quem estava na gruta, e tive que colocar a mão na boca e morder para não gritar, porque acho que nunca senti tanto medo, nunca: era um gigante, um ser enorme! E horrível, porque só tinha um olho no meio da testa! A boca parecia uma escavadeira, cheia de dentões afiados, que poderiam esmigalhar, triturar até um jequitibá! Até um caminhão de lixo! Logo eu soube quem era: Polifemo, o terrível ciclope! Ah, se eu tivesse lido a respeito, saberia o que fazer!

Polifemo gritou, fazendo retumbar as paredes:

– Tem mais destas formigas aí? Formigas ladras, porque faltam muitas das minhas adoráveis cabritinhas, e foram vocês, não é? Mas vocês vão pagar por tudo... Já verão como... Rá, rá, rá!

O monstro saiu, mas colocou uma enorme pedra na entrada da gruta e nos deixou prisioneiros, no escuro!

Falando baixinho, o coração ameaçando sair pela boca, contei para Ana o que ele era – o que conseguia lembrar da história. Ela estava passada e, mais uma vez, não conseguia nem abrir a boca. Abria, aliás, de susto, muda. Finalmente, com a mão tremendo, consegui achar e ligar a lanterninha, causando novo susto nos gregos, que cobriram os olhos e correram para um canto da gruta, como um rebanho assustado. Cheguei perto de Odisseu. Corajosos itacenses! – comecei – na verdade, eles e nós estávamos loucos de medo, e quem não estaria? Um gigante enlouquecido querendo nos fazer de petiscos... E haveria outros? Por exemplo, uma família? Ciclopa e Ciclopinho? Este poderia nos poupar, para brincar conosco como se fôssemos soldadinhos... E depois, quando cansasse, arrancar nossos braços e pernas, nos jogar contra a parede da gruta, como um menino mimado...

– Corajosos itacenses, esta luz vem de um... um pequeno objeto, uma tocha, doada pelo deus do fogo, Hefesto, ao nosso pai, o grande herói Hadrian, rei de Atlântida. Este, por sua vez, nos deu a tocha para nos ajudar em nossa jornada rumo a Troia. Fiquem tranquilos! Sairemos dessa!

Que bom seria se eu estivesse tão seguro! Falei com Odisseu:

– Nobre rei, é importante que o monstro não saiba desta tocha, porque ele acha que estamos no escuro... Agora, essa luz, infelizmente, some depois de um tempo, e por isso é preciso poupá-la. Vamos correr os olhos pela gruta, concorda? Ou tem outra sugestão?

– Príncipe Cariton, nossa sorte é tê-los conosco! Vamos, eu e vocês dois!

Odisseu deu ordens aos outros e fomos procurar outra saída. Mas não havia! A pedra que o ciclope colocara era enorme, e só outro gigante poderia tirá-la do lugar. Decidimos esperar o monstro voltar, para tentar enganá-lo e sair. Todos os gregos se esconderam na parte mais funda da gruta, onde talvez as manoplas de Polifemo não chegassem. Ficamos esperando.

Depois de muito tempo, talvez já ao anoitecer, o monstro chegou e colocou o rebanho de cabras dentro da gruta. Para nós foi bom, porque nos escondemos mais ainda, todos atrás delas.

– Formiguinhas, cheguei! Rá, rá! Vou pegá-los um a um! Rá, rá! – berrou o ciclope.

Começou a procurar aqui e acolá, sem achar nada. Estava indo tudo bem quando a mão do monstro chegou perto de um dos itacenses, que teria se safado se não tivesse se assustado tanto e gritado. Era Glauco, amigo pessoal de Odisseu, que estava perto de mim na escuridão e que tive que segurar, porque ia se jogar em defesa do amigo. O ciclope pegou Glauco, que tentou ameaçá-lo com sua lança, mas tremia tanto que não conseguia nem levantá-la; começou a gritar, desesperado, depois se calou.

14 (ιδ) . A FUGA

O ciclope palitou os dentões imundos com a lança de Glauco e acendeu uma pequena fogueira, que iluminou um pouco a gruta; depois, sentou-se e, fazendo uns barulhos nojentos, comeu uma quantidade estúpida de queijo de cabra.

– Estão com fome, formigas? Desta vez não vão comer minhas cabras! Rá, rá!

Estávamos no fundo da gruta, onde ele não podia nos alcançar. Aí, Odisseu (que homem! que coragem!) gritou:

– Monstro horroroso, vou te derrotar!

– Você, formiga? Chegue aqui, para eu te ver!

– Depois, talvez... Eu sou um rei, e você não é nada, só um miserável monstro, e vou te derrotar!

– Formiguinha ousada! Qual é seu nome?

Odisseu pensou um pouco, depois sorriu e disse:

– Meu nome é Ninguém.

– Então, seu Ninguém, amanhã será sua vez. Agora estou com sono.

Deitou no chão, deu um arroto que abalou as paredes da gruta e dormiu. Os roncos pareciam uma serralheria em plena atividade, mas até que era bom, porque podíamos falar.

Conversamos a noite toda. Como escapar? Ele fechava a gruta toda vez que saía... Mas Ana teve uma ideia:

– Vejam... Ele deve deixar que as cabras saiam pela manhã... Aí, poderíamos ir no meio delas, agarrados ao pelo, por baixo...

Odisseu pensou um pouco e perguntou:

– Mas, nobre Aníquetos, elas vão deixar? Não tem perigo de nos entregarem ao monstro, balindo e chutando?

– Vou bater um papo com elas agora mesmo!

Odisseu ficou olhando para ela, como se estivesse maluca, e me apressei a dizer:

– Lembra, nobre rei, que meu irmão fala com os cavalos? Pois fala também com leões e tigres e cachorros... e cabras!

Ana entrou no meio das cabras, acordou algumas e começou a falar baixinho. Umas nem deram bola, outras se viraram para o outro lado, outras, felizmente, prestaram atenção. Demorou um tempão, houve balidos que me preocuparam – acordariam o monstro? – e comecei a pensar que não daria certo.

Mas finalmente Ana voltou. Estava com a cara preocupada. Ficou um pouco parada, depois disse, num grego aceitável:

– Nobre Odisseu – e sorriu para ele com cara de abestalhada –, foi difícil. As cabras estão muito bravas conosco, porque várias delas foram mortas e comidas. Umas não quiseram nos ajudar de jeito algum; com as outras, conversei muito e, finalmente, aceitaram. Vão nos tirar da gruta.

– Viva! E ainda teremos churrasco, quando estivermos livres! – disse Odisseu.

– Mas – continuou Ana, olhando quase feio para ele – mas tive que prometer que nenhuma delas será morta e comida por vocês. É essencial. Se não for assim, nada feito.

– Nem umas três, para viagem? Elas não poderão fazer nada, estaremos longe...

– E a honra, nobre rei? Dei minha palavra!

– Entendo... Cabras ou gente, a palavra de um príncipe é uma só. E a de um rei também! Nada de churrasco!

Ana sorriu e voltou a falar com as cabras. Cochichou mais um pouquinho e voltou mais aliviada.

– Está certo. Vamos tentar ficar prontos, para não fazer barulho na hora de sair.

Faltava pouco para amanhecer, e acertamos mais umas coisinhas com Odisseu enquanto o dia não chegava.

As cabras acordaram, e os gregos e nós nos escondemos no meio do rebanho, agarrados aos pelos da barriga, com as costas viradas para o chão. Desconfortável, mas a outra opção... Odisseu escolheu uma cabra, ficou perto dela e começou a berrar:

– Monstro! Monstro! Acorde, coisa ridícula, seu feioso!

– Ridículo, eu, Ninguenzinho? Você vai ver!

O ciclope se aproximou de Odisseu, que, rápido, ligou a lanterna e direcionou a luz bem para o centro do único olhão de Polifemo. O monstro deu um berro de susto e de dor e fechou instintivamente o olho; nisso Odisseu se agarrou aos pelos da barriga da cabra e gritou para Ana, que, por sua vez, deu um comando e as cabras começaram a sair rapidamente, balindo da forma mais caótica. O monstro gritava e, sem enxergar, passava a mão por cima das cabras, achando que sairíamos montados nelas, sem imaginar que estaríamos por baixo. Ficou se debatendo na gruta, chorando, e, quando recuperou a visão, já estávamos todos do lado de fora, correndo para o navio. Polifemo berrou de ódio e foi atrás de nós, mas as cabras, se fazendo de tontas, o atrapalharam, correndo entre as pernas dele, balindo, fazendo confusão, e ele acabou escorregando. O que o deixou mais furioso ainda...

Chegamos sem fôlego ao navio e zarpamos imediatamente, remando como enlouquecidos. Polifemo, de longe, jogou no mar uma enorme pedra que quase nos atingiu e causou uma onda que por um triz não virou o navio. O monstro ficou possesso de ódio, e berrou:

— Irmãos ciclopes, me ajudem! Fui enganado e roubado!

Ouvimos, vindo de outra gruta, um vozeirão mais horrível ainda: havia mais monstros!

— Quem foi, Polifeminho?

Xiiii! Ele era o menorzinho do grupo!

— Ninguém! Ninguém matou minhas cabras!

— Então, se não foi ninguém, vá cuidar de suas cabras, que tenho mais o que fazer!

É, Odisseu era esperto mesmo!

15 (ιε) ▪ DÚVIDAS

Chegamos ao outro lado da ilha, atracamos e chamamos os outros aos berros:

— Temos que fugir logo! Andem! Zarpar!

Os homens estavam preocupados conosco — com razão até, pensando no que tínhamos encontrado! — e nos deram o maior trabalho, porque queriam levar as cabras sobreviventes. Olhei para Odisseu, me perguntando se ele manteria a fama de trapaceiro ou se respeitaria a palavra dada. O rei me olhou de volta, acenou para Ana e piscou o olho! Eu nem sabia que isso se fazia na antiguidade tão longínqua! E, com muita autoridade, ordenou:

— Soldados, marinheiros, meu povo... as cabras ficarão aqui, vivas! É uma ordem!

– Mas, nobre rei, precisamos delas na viagem!

– Efion, você quer desafiar minha autoridade? – rugiu Odisseu.

– Não, meu rei – baliu Efion.

Ana correu para perto das cabras, falou com elas e contou as novidades, pedindo que voltassem para a gruta de Polifemo. Zarpamos na maior pressa, com medo de o monstro nos encontrar. E eu, que sonhava tanto com um descanso em terra firme!

Fiquei pensando um pouco e chamei Ana:

– Vem cá, você que entende das coisas!

– Que bom que você finalmente está reconhecendo que...

– Chega, escuta! Tem uma coisa que não estou entendendo. Na *Odisseia*, tem Polifemo, eu sei, mas – é claro – nós não, e inventei essa história para podermos... E, com certeza, na *Odisseia* o monstro não é derrotado graças a uma lanterna...

– Sim, e daí?

– Então, estamos mudando a História? Porque afinal, se isto tudo está acontecendo, é real. Mas, então, é possível mudar o passado?

Ana ficou calada, e eu podia ouvir o barulhinho de seus neurônios em ação.

– Com certeza, Carlos, nós mudamos o passado. E isso deveria ser impossível... só que já vivemos tanta coisa impossível... Mas a gota d'água foi esse monstro caolho! Juro, se sobrevivermos e conseguirmos voltar, juro que te mato se você não começar a ler coisas menos truculentas! Por favor, pare de pensar nesses tempos antigos e terríveis!

– Eu sei, eu sei, você tem razão... Desta vez, realmente, está sendo demais!

– Por outro lado... – ela continuou –, tem uma outra possibilidade, que é a seguinte: você sabe, e muito bem, que existem realmente universos paralelos. Mundos infinitos quase iguais ao nosso, onde as coisas acontecem quase da mesma forma – num deles, é você que é o gênio (e riu, a péssima!). Num outro, sei lá, somos sergipanos, num outro nosso pai não usa óculos, e assim por diante... Infinitos, e, por isso, tudo o que podemos imaginar acontece em um deles, ou em vários... Num outro não existem carros, tem aquele onde os gatos são verdes... Entende?

– Sim, acho que entendi – menti um pouquinho, porque, apesar de tudo, apesar das nossas experiências, não podia entender onde ficavam aqueles mundos todos, mas achei melhor não dar a Ana mais uma chance para dizer que sou burro. Porque com certeza não sou!

– Então – ela continuou, deliciada com as perspectivas científicas que estava vislumbrando e esquecida da nossa miséria presente, num barquinho frágil, longe de tudo, com monstros aqui e acolá... – Então, podemos simplesmente estar no passado de uma outra realidade, de um mundo paralelo!

– Mas aí – perguntei, ainda mais preocupado –, quando voltarmos, e nem quero usar o *se*... voltaremos para o presente do nosso mundo ou deste em que estamos?

– E como é que vou saber?

– Você não sabe tudo?

– Mas isso é realmente um acaso... Podemos ir para um terceiro presente, nem do nosso nem deste mundo... De repente, chegamos lá e nossa mãe é uma freira!

– Ou a rainha da Inglaterra!

– Ou moramos numa ilha deserta!

– Ou somos gatos!

– Ou temos dois pais homens!

– Ou somos ricos riquíssimos, donos de ilhas e castelos!

– Ou eu já ganhei o Nobel de todas as ciências, e você, o da literatura!

– Ou somos os novos Beatles!

– Ou somos chineses!

– Ou somos azuis!

– Ou somos bem mais velhos!

– Ou somos três!

– Ou só tem um de nós... – Ana parou. – Não, isso não pode.

E o papo acabou por aí.

16 (ις) ▪ O LÁCIO, DE NOVO!

A navegação continuou, naquele mesmo esquema. A diferença foi que choveu durante uns três dias, sem nem sombra de tempestade, mas com tanta água caindo, tanta, que achei que ia virar peixe, criar guelras e sair por aí nadando no Mediterrâneo – o que poderia ser uma solução... Enfim, isso também passou, mas, quando o tempo melhorou, vimos que, dos dez navios, só restavam cinco. Os outros deviam ter se perdido de nós...

Odisseu ficou silencioso, com a cara fechada. Devia ter bons companheiros naqueles navios. Tomara que não tivessem afundado! De qualquer forma, nossa frota agora estava bem menor.

Mais duas semanas se foram, e finalmente perguntei a Odisseu onde estávamos. Levei um susto quando ele respondeu calmamente:

– Nobre Cariton, não faço a menor ideia!

– ?! – No começo nem consegui falar. – Mas... e o piloto? As estrelas? Não podemos nos guiar por elas?

– Poderíamos, inteligente amigo, mas quem mais conhecia as estrelas era o pobre Glauco, e daí... Nós todos entendemos um pouco de navegação, sabemos ler o céu, mas não nos situamos bem, por vezes erramos... Não gosto de dizer, mas... E, para complicar, Teucro conhecia muito bem os ventos! Enfim, pelo menos nós estamos vivos, e navegando. Torço para que os navios que sumiram estejam igualmente perdidos, e que em algum momento eles se juntem novamente a nós – ou consigam chegar a Ítaca! Então, sei que estamos indo na direção errada, para o norte, mas os ventos estão nos empurrando com tanta força que, mesmo remando, não estamos conseguindo mudar de rumo! Espero que nos próximos dias haja uma mudança, porque desta forma estamos indo cada vez mais longe da nossa ilha!

Não era mesmo uma boa notícia! É verdade que, depois da chegada a Ítaca, ele ia querer conhecer Atlântida (e nos fatiaria, como punição pela nossa mentira?), e que, por isso, quanto mais tarde chegássemos, melhor para nós; mas, por outro lado, continuar aquela viagem doida significava novos perigos a cada dia, monstros, inimigos, armadilhas...

(E eu nem imaginava o que estava nos esperando!)

Também, eu não aguentava mais as cores lindas e móveis do mar. Mar maravilhoso, aquele, mas enfim, como já disse, não virei peixe! Ainda assim, devo dizer que já estávamos tão acostumados com as ondas e o rebolado do pequeno navio, com o cheiro de sal, peixe e vento... As gaivotas, tão ladras e destemidas: era só deixar um peixe à vista que, sem respeito nenhum por nós, chegava logo uma, por vezes duas, e zás!, passava tão rápido que nem dava para ver – e tchau, peixe! Mas elas nos faziam companhia, com seus gritos e suas danças no ar. Estávamos tão queimados de sol, mais altos e mais fortes, que era capaz de nossos pais nem nos reconhecerem. Sim, *se* conseguíssemos voltar. Parecia tão longe, tão impossível, aquilo tudo... Às vezes eu ficava olhando para o mar e para os outros navios de Odisseu e me perguntava se eu não era louco mesmo, se era verdade que estávamos lá – ou melhor, se era verdade que havia um outro tempo e lugar nosso, se não éramos simplesmente dois gregos mesmo, malucos, e só...

Finalmente, os homens gritaram – Terra! Terra à vista! –, e chegamos a um lugar que, aparentemente, não era uma ilha – de fato, muito depois descobri que estávamos no Lácio! Ou seja, naquilo que se tornaria a Itália, muito antes de Roma existir! Poderíamos ter ficado lá, e tentado voltar para o presente diretamente de onde tínhamos saído, na viagem para Esmirna! Era só esperar um terremoto...

Mas não era para ser assim.

Atracamos, com aquela zoeira dos homens, gritos, cantos, risadas... Finalmente, terra! Era um lugar muito bonito, com vegetação rica e variada, muitos tons de verde – que diferença da ilha de Polifemo, seca e dura! Ainda assim, estávamos receosos – o que nos esperaria naquele lugar? Mais monstros? Mais malucos comedores de flores?

Odisseu chamou Eufórbio, homem de confiança dele, que escolheu quatro homens valorosos para ir explorar o território. Parecia

tudo tranquilo, mas quem ia confiar? Nós todos ficamos trabalhando perto da praia, uns tirando coisas dos navios, outros armando tendas para a noite, uns caçando, outros (Ana e eu, no caso) procurando frutas comestíveis, todos na maior atividade, todos com o coração apertado: os homens voltariam? Com que notícias?

Depois de algumas horas, saudados por "Vivas!", chegaram os cinco itacenses.

– Nobre rei, filho de Laertes – falou Eufórbio –, não vimos pessoas, só muitos porcos e porquinhos; pensamos que seria bom trazermos alguns, mas estavam num cercado, e lembramos da sua aventura com o monstro... Vimos uma casa, muito grande, um palácio, do qual saía alguma fumaça – na certa, havia gente cozinhando –, mas não encontramos pessoa alguma. Voltamos para saber o que você, nosso rei, quer que façamos.

– Fez bem, corajoso Eufórbio, ganhador da batalha... filho do herói... – (corto um pouco dos rapapés) –, porque o momento requer ponderação. Já tivemos muitos problemas, e, apesar de reunirmos um grupo grande de valorosos, com Anticlos, ganhador de... – (etc.) –, perdemos amigos corajosos em embates nos quais nem nosso conhecido heroísmo poderia nos socorrer, lutas contra monstros e... – (etc.) – Irei eu, com os jovens príncipes e cinco homens, falar com o pessoal do palácio, deve haver um rei, e talvez ele seja amigável. Se não voltarmos até amanhã, mande mais dez, bem armados, para nos resgatar. Se eles também não voltarem após um dia, zarpe logo e tente encontrar a rota para Ítaca!

Odisseu e Eufórbio se abraçaram. Escolhidos os cinco homens, Odisseu gritou para nós: – Nobres príncipes, a aventura nos espera! –, e saímos todos rumo ao palácio misterioso.

– Ana, eu mesmo não queria ir... Agora podemos encontrar algum monstro com doze pernas, um dinossauro, um dragão, King Kong, extraterrestres canibais, nada mais me surpreende! – cochichei para minha irmã.

– E você acha que *eu* estou querendo ir? Não aguento mais esta vida maluca!

Fui falar com Odisseu:

– Nobre e destemido rei... – (etc.) –, posso perguntar por que você coloca em perigo sua vida, você, o herói dos heróis, o destruidor de Troia, você, que conseguiu derrotar o monstro ciclope? Nossa vida não é nada, eu sei, somos meros jovens, príncipes de uma ilha distante, mas por que você não mandou alguns dos seus soldados, ao invés de arriscar sua vida? Você tem a tarefa de levar seus homens de volta para Ítaca, e só você vai conseguir!

– Nobre Cariton, eu sei, ninguém se iguala a mim no que diz respeito a coragem e inteligência... Sei que devo levar meus homens de volta para casa, é o dever sagrado do rei e do chefe... Mas ao mesmo tempo eu preciso conhecer... Não fomos feitos, sabe, para temer e ignorar – não! Somos seres humanos! A vida não é nada, se for nas trevas, se não for uma luta com o desconhecido! Eu vou descobrir o que há aqui nesta ilha, se for necessário vou lutar, mas não vou deixar que o medo me derrote! E sei que posso contar com a ajuda de vocês dois, com sua inteligência, inferior só à minha, e com suas magias!

Certo... o sujeito se achava, mas admirei sua coragem. Olhei para Ana, que ficou babando para Odisseu e disse, com alguns errinhos de gramática – devidos acho, mais, à emoção: – Contará conosco, nobre rei, sempre que for preciso!

Rosnei minha aprovação – para falar a verdade, admiração, sim, tudo bem –, mas preferia não encontrar o dragão ou o monstro com doze pernas, não tão logo! Ainda nem tinha me recuperado do encontro com o ciclope!

17 (ιζ) ▪ OS PORQUINHOS

Seguimos ilha adentro (sim, achávamos que era uma ilha) com Odisseu e os cinco companheiros – como eu disse, vegetação rica e espessa, e muitos passarinhos cantando nas árvores, tudo muito bonito e tranquilo – até chegarmos a um pequeno morro de onde se via a casa da qual falara Eufórbio. Era mesmo um palácio, embora, curiosamente, tivesse o cercado no qual se viam os porquinhos, mas parecia uma casa normal, fumaça saindo, tudo muito bonitinho.

Cochichei para Odisseu:

– Nobre rei, acha que devemos ir falar com os moradores?

– Não sei, jovem príncipe. Parece tudo muito calmo. Até demais...

Anticlos se aproximou. – Rei dos reis, vou com dois homens falar com o pessoal do palácio. Estamos bem armados e nada deverá nos acontecer.

– Boa sorte, corajoso Anticlos!

Escondidos atrás das árvores, observamos angustiados os homens que iam até a porta, batiam e eram recebidos gentilmente por umas moças jovens e aparentemente amigáveis. Entraram.

Odisseu respirou aliviado e falou logo: – Vamos nós também! Haverá comida e poderemos descansar!

Ana, calada até então, segurou o rei pelo braço, depois parou, assustada com o próprio atrevimento, e, desculpando-se, falou, preocupada: – Nobre rei, algo me preocupa... Está tudo calmo demais... Não sei dizer o que é...

Aí me toquei: – Eu sei! Os pássaros não estão cantando! Tem algo estranho! Vamos esperar...

Odisseu concordou, e esperamos mais de uma hora, acho (não tínhamos relógio). Já estava com o corpo doendo, as formigas mordiam, as muriçocas, nem se fala, louco de fome, quando vi a porta se abrindo e as mesmas moças colocando alguns porquinhos no cercado. Nada de os homens saírem. Estariam comendo até aquela hora?

Só havia mais dois homens conosco, além de Odisseu: Perimedes e Euribates. Gente boa, de muito papo, maneira. Eu sabia um monte de coisas deles... Euribates lutara em muitas batalhas e tinha perdido uma orelha em combate, num golpe de espada que quase o matara!

Odisseu chamou Perimedes, que se aproximou e disse: – Nobre rei, é estranho. Não se arrisque: sem você, nunca chegaremos até nossa ilha. Vou com Euribates ver o que aconteceu.

Foram. Mesma cena: recebidos amigavelmente, entraram. Mais uma hora se passou... Meu estômago roncava mais do que Polifemo na gruta! Ou era o medo?

Finalmente, a porta se abriu. Os homens voltando? Não, as moças colocando dois outros porquinhos no cercado. Fiquei pensando. Estranho: por que os porquinhos estavam dentro de casa? Saquei o binóculo e fiquei olhando com atenção. As moças, bonitinhas, entraram batendo a porta, calmas, sem sorrir. Os porquinhos, bom... eram porquinhos. Nada de mais: pequenos, cor-de-rosa, graciosos e ignorantes do futuro. Os dois recém-chegados estavam tão limpinhos... Um tinha algo estranho... Olhei com mais atenção. Sim, um dos dois só tinha uma orelha. Uma orelha?! Gelei.

– Ana!

– Oi, diga. Fale pouco, porque estou com tanta fome que comeria até um porquinho, mesmo sendo vegetariana!

– Mas é isso! Sabe, os dois porquinhos que chegaram agora... Um só tem uma orelha!

– E daí?

– Como Euribates, entendeu?

– ...

Não podia ser... Olhei com mais atenção. Os porquinhos que as moças tinham colocado no cercado, fáceis de serem identificados porque estavam mais limpos do que os outros, eram cinco no total; estavam todos juntinhos, separados dos outros. Cinco? Cinco! Vejamos: Anticlos, com seus dois companheiros, mais Perimedes e Euribates... Comecei a suar. Que lugar era aquele? Eu estava ficando louco? Eu *era* louco?

– Ana, o que você acha?

– Não sei! Como posso saber? Precisaria ir até lá e falar com eles!

Corri para perto de Odisseu, procurando não fazer barulho – mas ouvia um barulhão terrível, o que seria? Tum! Tum! Tum! Ah, era meu coração, querendo sair pela boca!

– Odisseu – até esqueci das formalidades! – Odisseu, eu acho... nós achamos que aqueles porquinhos... Sabe, os novos... São nossos companheiros!

– Pelos deuses, nobre Cariton! Você enlouqueceu? Como podem ser meus soldados, meus amigos? São porcos!

– Mas é isso, eu sei! Onde estão Anticlos e os outros? E veja que tem um que só tem uma orelha, como Euribates! Olhe aqui pelo, ah, pela magia da água sólida!

Com certo receio, Odisseu pegou o binóculo: como sempre, levou um susto, mas acabou se acostumando. Olhou com muita atenção para os porquinhos, um a um, parou um pouco mais num deles, e depois me devolveu o binóculo, com um suspiro: – Poderia ser... Vi o que tem uma orelha só, e vi que um tem uma cicatriz numa das patas dianteiras, bem como Anticlos, que levou uma facada daquele covarde do Páris! Mas se for verdade... Quem está por trás disso? Como poderemos vencer essa magia?

Tive uma ideia. E se apenas homens fossem transformados em porquinhos? Aí, Ana se safaria. Parei. Mas... *eu* viraria porquinho! E poderia me tornar um exótico churrasco! Ou ficar porquinho para sempre, caso o feitiço não fosse reversível! Não seria o caso de fugirmos mesmo?

Pensei em Anticlos, que me ensinara a lutar com a espada, e em Euribates, que contava piadas cabeludas. Porquinhos! Comidos pelos monstros que devia haver dentro da casa! Como abandoná-los? Iam morrer daquele jeito. Claro, no nosso tempo, estavam mortos havia milênios. Mas não como porcos. E agora estavam vivos, e eu não ia abandoná-los, não mesmo!

Olhei para Ana, que entendeu. – Não sei, nobre rei. Vamos entrar, você e eu, pela porta, como os outros, enquanto Aníquetos entrará escondido, pelos fundos, tentando entender quem está por trás disso e derrotá-lo!

Bolamos um plano que talvez desse certo e, pelo sim, pelo não, peguei uma caneta hidrográfica que tinha na mochila e fiz uma grande marca vermelha, redonda – dois círculos, um dentro do outro – nas costas de Odisseu e pedi para ele fazer o mesmo nas minhas. Abracei Ana, que, por baixo do bronzeado, estava pálida, da cor da neve. – Carlos, por favor, não coma nem beba nada! Deve ser alguma droga estranha! Algo bárbaro!

– Tranquila, irmãzinha! – menti. – Já derrotamos inimigos piores!

Mas aquele inimigo, aquele mistério era algo novo!

18 (ιη) . O RELATO DE ANA

Sei lá, não gosto dessa coisa de escrever, mas não tem muito jeito: como é que Carlos vai contar o que aconteceu enquanto estava transformado em porquinho? Claro, ele entendia tudo, mas não viu a maior parte das coisas – e também, ainda que ele diga que não, eu acho que ele entendia como um porquinho, não como gente.

Fiquei olhando de longe e vi os dois, Carlos e Odisseu, entrando no palácio. O que aconteceu lá eu não sei, mas vi que, cerca de uma hora depois, a empregada – ou o que fosse –, a moça não muito bem encarada colocou, sem muita cerimônia, dois novos porquinhos no meio dos outros. Seriam... meu irmão tinha virado porquinho? Carlos?! Não, não podia ser!

Olhei com mais atenção. Os dois porquinhos recém-chegados... sim, cada um tinha uma grande marca vermelha nas costas! Dois círculos concêntricos!

Fiquei um tempo sem conseguir pensar em nada.

Respirei, tentei me acalmar, porque agora era só eu e mais ninguém. Vi que Carlos e Odisseu eram recebidos por outros cinco pequenos suínos, enquanto os outros os ignoravam – portanto, Carlos devia estar certo: aquele era o pessoal de Odisseu, e os outros podiam ser porquinhos de verdade ou outros ex-homens, sem relação com o nosso pessoal.

Minha dúvida era: caso eu mesma não fosse transformada, conseguiria devolver Carlos (e, de preferência, os outros também, mas meu irmão bobo e ainda assim fofo era a prioridade) à sua natureza humana? Ou deveria me acostumar com a ideia de ter um irmão porquinho? Como ele poderia ser músico ou escritor, sendo um porquinho? Passaria a vida tentando se safar, para não virar presunto e linguiça! Vá explicar aos carnívoros que ele era uma pessoa! Não, eu tinha que achar um jeito! Não poderia conviver com Carlos-porquinho e Júnior, meu leão! Mas que bobagem! Do jeito que as coisas estavam, nunca conseguiríamos voltar!

Fiquei pensando e observei que até então, naquela casa, só tinha visto algumas mulheres. A transformação, ou fosse aquilo o que fosse, talvez só afetasse os homens. Eu estava disfarçada, aparentando ser homem – o que me aconteceria? Podia, *devia* tentar.

Decidi entrar às escondidas.

Rodeei o palácio, que era muito grande e bonito (embora com algo sombrio que eu não sabia explicar), coberto por hera verde e vermelha, e procurei uma entrada "de serviço". Não tinha, e resolvi entrar pela janela – felizmente, aqueles brutos ainda não tinham inventado as janelas de vidro, e só precisei empurrar uma banda de madeira, toda entalhada, mas não muito segura. Estava dentro.

Pela primeira vez eu estava numa casa, depois de tendas, cavalo de madeira, palácio em chamas, navio, gruta de monstro... O lugar era escuro, silencioso, com as paredes caiadas, e eu estava naquilo que parecia um quarto. Saí pelo corredor até dar numa sala bem mais clara, grande (mais de cem metros quadrados, avaliei), com uma pequena fonte no meio e paredes muito coloridas, vermelho e ocre. A luz passava por uma clarabóia alta, por onde devia entrar chuva também. Aquilo não devia ser prático – eu teria procurado uma solução menos insalubre, mas, enfim, o pessoal lá era assim.

No chão, ao redor da fonte, tinha um círculo vermelho, pintado com alguma tinta ainda fresca (Tinta? Ou seria... Não investiguei). Num canto, ardia um braseiro que exalava um perfume um pouco enjoativo.

Tentei ser silenciosa, mas fiz algum barulho e ouvi os passos de alguém chegando. Corri para trás de uma cortina pesada, de tecido bem rústico, e me escondi. Minha mão tremia um pouco, mas a mantive na empunhadura da espada: eu lutaria! Segurei a respiração, mas como segurar o coração, que batia desenfreado (pelo menos 150 batimentos por minuto, eu diria)?

Os passos chegaram perto de mim, e uma mão puxou a cortina com firmeza. Eu esperava tudo, mas não aquilo.

Apareceu uma mulher nova, uns vinte e poucos anos, vestida com uma roupa branca muito leve e de tecido bem menos grosseiro do que as roupas que tinha visto até então. Na testa, levava uma tiara de ouro que exibia, no centro, uma grande pedra vermelha que brilhava e emanava uma luz quase malvada: parecia até que ia começar a pingar sangue... A mulher, supus, era uma espécie de rainha. Tinha olhos e cabelos muito negros, a pele clara, os dentes branquíssimos e afiados entre lábios da cor do sangue: era bonita, de uma beleza incômoda, que dava medo. Olhou para mim, perplexa – aliás, quase assustada, ou assustada mesmo –, e começou a falar apressadamente no que me pareceu um mistura de latim e grego; não entendi tudo, mas peguei o essencial:

– Você aqui? Não é possível!

Entendi imediatamente. Achou que eu era Carlos. E o susto significava que ela realmente tinha feito algum mal a meu irmão! Ela não ia se safar! Mas, por enquanto, quem tinha que se safar era eu... Falei, tentando aparentar calma:

– Nobre senhora, desculpe, entrei procurando meu irmão gêmeo...

– Você não é o rapaz de antes?!

– Não, senhora, nós somos muito parecidos!

– Sim, você, como ele, é um belo rapaz! Mas mal educado... Não entrou pela porta...

– Não, senhora, desculpe, eu me perdi e...

– Não tem problema! Você deve estar com fome! Venha para a outra sala, vamos comer e beber alguma coisa... – falou amigavelmente.

– Senhora rainha, onde estão meu irmão e meus amigos? Devemos zarpar logo...

– Não tenha pressa! – ronronou a rainha. – Antes, precisa comer e descansar, como os outros, que comeram bem, beberam meu vinho misturado com o mel mais doce das abelhas mais habilidosas e agora estão dormindo nos quartos desta pequena casa. Onde está seu navio? Tem muitos outros de vocês?

Pensei rapidamente. O que seria pior, dizer que tinha muitas outras pessoas ou fingir que só éramos nós oito? Se ela fosse realmente perigosa, poderia ir atrás dos outros também...

– Só nós, nobre rainha. Nosso navio naufragou aqui no litoral da sua ilha. Como é o nome deste lugar? E o seu, nobre rainha?

Ela riu aliviada, com um toque de pombo apaixonado (converso muito com os bichos e conheço suas vozes!):

– E como você sabe que sou rainha, belo jovem? Sim, sou rainha, e meu nome é Circe; esta terra, que não é ilha, chama-se Circeu. Somos poucos moradores, e nesta casa só tem eu e minhas ancilas... Vocês não vão fazer nada de mal conosco, não é? – Riu de novo, mostrando os dentes afiados. – Qual é seu nome?

– Meu nome é Aníquetos, rainha Circe. – Dei um sorriso amarelo e segui Circe até outra grande sala, desta vez redonda, onde havia uma mesa baixa com muita comida e umas ânforas daquele que, imaginei, devia ser o vinho.

– Aqui, jovem herói. Sente-se e fique confortável! Claro, pode botar sua espada no chão!

Sem muita vontade, coloquei a espada no chão e vi que Circe, toda manhosa, deu um chutezinho que a mandou para longe de mim. Eu estava cada vez mais perdida! Sentei e peguei uns frutos – não deviam ser perigosos. O perigo certamente vinha da bebida. E como recusar? Que tal dar um empurrão e fugir? Ela parecia só... Olhei disfarçadamente ao meu redor e vi que a sala tinha oito portas, na disposição dos pontos cardeais, e que em cada uma aparecia uma sombra. Alguém escondido, na certa. Sem chance: nada de empurrar e fugir. Me sentia meio tonta. Havia também um braseiro, no qual queimavam uns gravetos muito cheirosos, de um cheiro pesado, denso, que dava sono. Eu precisava tomar água!

– Nobre rainha, há alguém a quem eu possa pedir água? Estou ardendo de sede!

– Belo jovem – Circe ronronou mais ainda –, não quer o vinho da casa?

– Com prazer – menti –, mas na minha terra, Atlântida, costumamos sempre tomar água antes de comer. É um ritual, sabe...

Ela parou e me olhou com mais atenção, quase com medo: – Atlântida? Você é de lá? Não é grego?

– Eu viajo com os gregos, mas eu e meu irmão somos da longínqua ilha de Atlântida, nobre rainha. Somos filhos do rei Hadrian e viemos para lutar contra Troia, que foi derrotada...

– Mas que interessante... Precisamos comemorar a chegada de tão nobres visitantes... Tome um pouco deste vinho! – E estendeu para mim uma taça de ouro.

O que ia acontecer comigo? Eu também viraria um porquinho, e morreríamos lá, talvez assados! Nunca voltaríamos ao nosso tempo! Nem reveríamos nossos pais! Nem Júnior! E eu não estudaria física!

E como ganhar o Nobel, sendo um porquinho? Eu não estava exatamente com medo, não: estava em pânico! Sorri e disse, tentando enrolar:

– Você não toma o vinho, nobre rainha?

Ela sorriu mais ainda, os olhos negros cada vez mais escuros, e quase cantou, tão suave e delicada saiu sua voz:

– Belo Aníquetos, não sei como é na sua ilha, mas aqui este vinho é só para os homens! É uma honra especial tomá-lo, assim como especial desfeita é recusá-lo!

Aí não tive mais jeito: fechei os olhos e tomei um gole. Que negócio doce! E com um gosto esquisito, de especiarias e mofo, de incenso e perfume... Ruim, me deu tontura, a cabeça começou a dar voltas, a girar cada vez mais rápido, o ouvido retumbou, vi cores estranhas rodopiando ao meu redor...

"Adeus, Júnior! Adeus, mundo civilizado! Desculpe, Carlos! Eu tentei!"

19 $(\iota\theta)$ ■ ANTIÁCIDOS
[RELATO DE ANA 2]

Abri os olhos de novo. Olhei para minha mão. Era uma mão! Passei rapidamente a outra mão atrás do corpo. Não tinha o rabinho de mola! Ou seja, eu continuava eu! Nada de virar porquinho!

Circe ficou olhando para mim. Esperou. Olhou de novo. E ficou brava. Os olhos se tornaram vermelhos, sanguíneos, e começaram a soltar faíscas! A pedra vermelha piscava com fúria na tiara!

– O que está acontecendo?! Transforme-se logo, seu pirralho! – gritou, batendo a mão na mesa.

Nisso, meus olhos já estavam acostumados com a escassez de luz, e vi, jogada atrás de uma cadeira junto da parede, a mochila de Carlos. E aí... quem ficou realmente brava fui eu. Tudo bem, Carlos às vezes é um pouco chato, mas é meu irmão, e eu cuido dele! E ele – não gosto muito de dizer, mas tem vezes que ele cuida de mim...

A péssima continuava gritando. Decidi que estava na hora de abandonar as formalidades: joguei a taça de vinho no chão e ataquei, rosnando: – Sua bruxa burra, rainha de porcos, incapaz! Sua magia acabou! Você não vale nada! E sei muito bem que você não é novinha e bonitinha, mas é uma velha horrorosa, pelanca encardida, careca, fedorenta!

Na verdade, eu estava inventando, porque Circe tinha a mesma cara de antes, mas, afinal, se era uma bruxa, devia ser assim mesmo, não é?

Ela deu um grito terrível e se jogou sobre mim, as garras compridas e afiadas tentando arrancar meus olhos! Mas eu não sou apenas cérebro (e que cérebro!): eu jogo capoeira também!

Dei um pulo, derrubando a cadeira, em cima da qual a bruxa enfurecida caiu. Levantou mais brava ainda, tentou me pegar e escorregou no vinho que eu tinha derramado no chão: com todo aquele mel, o chão estava não só escorregadio como também pegajoso. Enfim, com um grande estrondo, ela caiu para trás, batendo a cabeça na mesa, e desmaiou.

Achei uma boa ideia jogar todo o vinho da ânfora no chão. Foi legal mesmo, porque, naturalmente, as guardas dela chegaram correndo, e todas escorregaram. Com um pulo, me afastei, agarrei a espada, com a outra mão peguei a mochila de Carlos e voei por um dos corredores, procurando um lugar onde me esconder.

Tinha uma série de portas, todas fechadas. Escolhi a última do corredor, imaginando que elas perderiam tempo olhando em todas as demais, entrei sem nem olhar se havia alguém e fechei logo a porta, empurrando contra ela um móvel pesadão que me daria algum tempinho. Era uma espécie de depósito, todo na penumbra, e num canto havia alguém, ou algo. Desembainhei a espada e me aproximei, ainda sem conseguir enxergar.

Ouvi um grunhido. Era um porquinho!

– Carlos!

Claro que não era ele. O porquinho viu minha espada e se afastou assustado, e Carlos viria na minha direção. Ainda assim, falei em português com ele, tentando ver se me entendia. Nada.

Do lado de fora, o maior barulho: gritos, berros, uivos... Que lugar era aquele?

Guardei a espada, coloquei a mochila no ombro, escancarei a janela e estava saindo quando me lembrei do porquinho. Por que ele estaria lá? Agora, com luz, vi pendurado num canto algo parecido com linguiça, e no outro umas facas gigantes. Botei o porquinho debaixo do braço e pulei pela janela.

Caí numa moita e corri para uma árvore bem frondosa um pouco distante. Com alguma dificuldade, subi carregando o porquinho e me escondi atrás das folhas.

Nisso, o pessoal de Circe saiu correndo do palácio para me procurar. Segurei o focinho do porquinho, para que ele não nos traísse. Olhei bem nos olhos dele e falei baixinho, em grego (imaginei que ele não conhecesse a linguagem dos porcos):

– Não sei quem você é, mas vou te salvar! Só não faça barulho!

Sei muita coisa (quase tudo, aliás) sobre animais e li que os porcos são muito inteligentes – só os humanos não sabem disso.

Ele olhou para mim, e uma pequena lágrima escorreu de seu olho direito. Abracei o bichinho e fiquei assim um bom tempo.

Finalmente, a noite chegou.

Tinha pensado um bocado: como conseguiria soltar os outros? E mais: como os transformaríamos em gente de novo? Porque eu não podia ir com todos os porquinhos até o navio, andaria muito devagar e a bruxa nos alcançaria. Lembrei com horror que, ao longo do dia seguinte, mais dez homens de Odisseu iriam ao palácio: mais porquinhos à vista! Talvez eu conseguisse avisá-los... Mas como? Embaixo tinha guardas!

Procurei na mochila algo que pudesse ser útil. O agregador – nada mais inútil, naquele momento. O binóculo. A *Ilíada*. A lanterna: útil, mas agora só poderia nos trair. No bolso, tinha um pacotinho. Eram uns comprimidos de antiácido que nossa mãe, que tem horror às comidas "étnicas", tinha comprado para nós em Roma, antes da viagem. Parei para pensar nela, que devia achar que estávamos mortos. Aliás, logo estaríamos! Carlos, sob a forma de linguiça, e eu, transpassada por uma espada, ou algo parecido. Mecanicamente, sem pensar, peguei um comprimido de antiácido. Bicarbonato, que se tornava cloreto de sódio... Tudo inútil.

O porquinho (que, por enquanto, decidi chamar de Baby) aproximou o focinho. Cheirou, cheirou e finalmente lambeu o comprimido.

Pareceu gostar – que mal ia fazer? Íamos morrer mesmo – e por isso quebrei o comprimido em dois e coloquei uma parte em sua boca (não era dos efervescentes).

Aí foi terrível. Baby mordeu, mastigou, espumou um pouco, guinchou, urrou e se esticou todo no galho, como se estivesse morto.

"Matei o porquinho!", pensei. Cobri os olhos com as mãos, respirei fundo e, quando olhei de novo, o porco estava mudando! As patinhas se esticavam, o focinho crescia e revirava, uma coisa incrível, a ciência precisava estudar, e...

Enfim, tem um tempo para tudo. Fiquei com medo e não olhei direito, mas em menos de dois minutos Baby tinha se tornado um rapaz. Estava assustadíssimo com aquilo tudo, mas olhou para mim com gratidão e falou baixinho:

– Amigo, você me salvou!

– Quem... quem é você? – gaguejei.

– Meu nome é Tarquínio. Meu navio naufragou, e cheguei aqui faz uns dois meses. A bruxa me transformou e me deixou no cercado com os outros, mas agora ia me matar! Ela... ela come os porquinhos, e todos são – eram – homens!

Injuriada, exclamei: – Vamos resgatar todos! – Ao mesmo tempo, eu estava numa felicidade só. Agora sabia como derrotar a bruxa, o monstro!

Descemos sem fazer muito barulho, Tarquínio deu um soco em duas guardas, que não tiveram nem como chamar as outras, e chegamos até o cercado, que estava desprotegido.

Entramos. Os porquinhos, nada bobos, não fizeram barulho. Estava tão escuro que eu não conseguiria enxergar a marca nas costas de Carlos e Odisseu, e por isso fiquei andando entre os bichinhos, pensando se era o caso de usar a lanterna – o que atrairia imediatamente as guardas de Circe, ou a própria bruxa. Estava procurando fazia algum tempo, quando ouvi um barulho e vi um porquinho bem novinho trotar na minha direção; perguntei baixinho, quase sem esperança: – Carlos? – e ele pulou no meu colo. Naquela sujeira toda, um cisco foi para o meu olho, e pareceu até que chorei.

Tarquínio e eu dividimos os comprimidos e demos uma banda para cada um – aí sim, fizeram barulho, gritaram e urraram, foi uma coisa horrível, parecia que todos iam morrer, e caíram no chão!

O pessoal da bruxa chegou correndo, mas agora, no lugar dos porquinhos, havia vinte e cinco homens, muito, muito bravos! Joguei minha espada para um fortão, que deu um grito terrível e atacou as guardas, que fugiram assustadíssimas. Circe, lá do palácio, começou a berrar e jogar pragas.

Abracei Carlos, Odisseu gritou – Viva Aníquetos! –, e me senti muito feliz.

Liguei a lanterna de bolso e corremos na direção da praia onde estava o navio. Chegando lá, os outros nos receberam com alegria, e, para comemorar, já iam providenciar um churrasco... de porco! Odisseu fez uma cara brava, explicou que dali em diante não se comeria mais porco e mandou soltarem todos os que estavam na mão dos seus homens. Estes resmungaram: – Nobre rei, antes as cabras, agora os porcos, o que é isso? Vamos viver de grama?

– Minha palavra não se discute! Aquele porco... poderia ser Euribates!

– ???

Enfim, explicamos confusamente que tínhamos que zarpar logo: felizmente, eles tinham feito mais provisões de comida e água. Os outro dezoito ex-porquinhos, muito agradecidos, disseram que adorariam ir conosco e se distribuíram nos cinco navios.

20 (κ) . O CANTO DAS SEREIAS

Ainda bem que Ana contou o que aconteceu, porque é muito curioso, mas eu não consigo me lembrar de nada daquelas horas que vivi como porquinho e tenho memórias confusas até de quando entramos no palácio: não lembro, por exemplo, da cara de Circe, só de um enorme susto e de uma dor no corpo inteiro. Claro, nunca senti verdadeiramente medo... E, se tivesse tido tempo, conseguiria achar uma saída...

Para ser honesto: nada disso! Ana foi ótima. Eu ia virar linguiça mesmo.

Tarquínio, que estava no nosso navio, conhecia bem as estrelas e os ventos, e nos ajudou a achar a direção certa, rumo ao sul; naquela altura, eu ainda não sabia que estávamos naquele que um dia seria o Lácio, onde certamente, por enquanto, era melhor não ficar! Estávamos completamente fora da rota e, se bobeasse, se tivéssemos continuado naquele caminho maluco, o Atlântico, com nossa imaginária ilha de Atlântida – e a real América, ainda sem esse nome –, já estaria mais próximo do que Ítaca! Mas não entendi direito onde estávamos, porque os nomes dos lugares, tais como nossos companheiros os conheciam, não tinham nada a ver nem com os da época da Roma Imperial (1200 anos depois!), menos ainda com os do século XXI. De qualquer forma, percebi que naquele tempo o conhecimento geográfico era muito precário, constituído sobretudo de lendas e mitos. Mas como criticá-los, como exigir algo mais científico, se nós mesmos tínhamos vivenciado a existência de monstros, bruxas, magias? Aquilo tudo era muito, muito doido!

Enfim, tínhamos que descer rente à costa, para passar entre duas grandes rochas, das quais se dizia que, na verdade, eram monstruosos gigantes. E eu acreditava. Não duvidava mais de nada, nadinha mesmo!

Depois de umas duas semanas, chegamos perto de uma ilha muito bonita, pequena, com uma vegetação que se avistava de longe. Tarquínio, quando a viu, deu um grito e correu para falar com Odisseu.

– Carlos, o que está acontecendo? – perguntou Ana, que também já não aguentava mais aquelas aventuras todas. Ah, a felicidade de um dia chato, de um domingo de chuva trancado em casa! O prazer de uma segunda-feira na escola! A delícia da fila para tomar vacina!

– Não faço ideia! Vamos falar com Odisseu e Tarquínio!

Fomos até eles, que discutiam animadamente, com caras preocupadas.

– Nobres heróis, o que aconteceu?

Odisseu, tentando sorrir, respondeu: – Venham, venham, corajosos príncipes! Vamos ver se vocês, novos, mas brilhantes – (e os olhos de Ana brilharam mesmo...) –, podem nos aconselhar, porque parece que estamos novamente perto de uma terrível ameaça!

Olhei para Tarquínio, que, pedindo com o olhar permissão a Odisseu para fazer seu relato, começou a contar: – Jovens príncipes, meu salvador, Aníquetos, e igualmente valoroso Cariton, aquela é a ilha das fabulosas sereias. Não sei muito bem o que são, como são, porque o que se diz é que ninguém que as tenha visto conseguiu sobreviver. Agora, se invertermos a rota, podemos perder novamente o rumo; podemos tentar passar ao largo da ilha, mas a correnteza pode nos arrastar. Vai ser difícil combatê-las, porque não se sabe qual o poder delas!

Nem eu nem Ana soubemos o que dizer. Sabíamos que as sereias são criaturas até amáveis, como a do conto de Andersen, metade mulher e metade peixe. Mas aquelas das quais Tarquínio falava não pareciam tão amáveis... E existiriam mesmo? Seria possível que naquele mundo, naquele tempo, todas as lendas fossem verdadeiras, todos os monstros existissem? Eu ainda conseguia acreditar sem grandes choques... Mas, para Ana, toda ligada na ciência, toda racional, toda experiência, teste, comprovação, eu sabia, para ela aquilo tudo estava sendo mais do que arrasador.

Antes que alguém pudesse abrir a boca, vimos com horror que o navio de Oicleus (um dos mais fiéis companheiros de Odisseu), um pouco à nossa frente, estava sendo empurrado pelo vento na direção da ilha das sereias. Os homens do navio não sabiam de nada e se deixaram levar pelo vento até chegarem perto da ilha, num lugar onde havia rochas, em cima das quais parecia haver algo, mas não dava para ver claramente. Aí, vi que todos os homens de Oicleus correram para o mesmo lado do navio, que começou a balançar perigosamente. Eles se esticavam para fora, pareciam responder a um chamado, a algo muito urgente ou maravilhoso, até que vários se jogaram na água, sendo empurrados com força contra as rochas. Mais e mais homens se jogavam, como que encantados, sem conseguir resistir.

Fiz um esforço para sair da minha imobilidade, fazer algo – até eu parecia encantado! – e peguei o binóculo. As rochas estavam distantes, mas dava para ver em cima delas algumas estranhas figuras. Aves? Pessoas?

Nisso, o navio de Oicleus revirou, emborcou e subitamente apareceu um enorme redemoinho que tragou os que não tinham sido jogados contra as rochas. Vi os coitados tentando nadar, quando apareceram aves gigantes – eram aves, então! – que agarraram alguns deles e os carregaram até as rochas, mas na parte que dava para a ilha, e que eu não conseguia enxergar.

Tudo durou poucos minutos, entre exclamações de horror dos homens dos outros navios.

Tarquínio ficou calado um tempo e disse: – Isso, nobres amigos... essas são as sereias. São monstros e, de alguma forma, convencem os homens a se jogarem no mar. Nunca ninguém sobrevive. Devemos voltar!

– Mas então – falei apressadamente –, então as sereias são aves, e não peixes!

Um velho marinheiro, Neritos, se aproximou: – A lenda diz, príncipe Cariton, que são monstros, parte bicho, parte ser humano. As sereias cantam de forma maravilhosa e, assim, convencem os marinheiros a se jogarem no mar.

– M-mas... – gaguejei –, e agora, como faremos para passar?!

21 (κα) . A BRIGA

Neritos, num gesto muito moderno, abriu os braços, expressando assim sua impotência naquela situação. Tarquínio balançou a cabeça. Ana sussurrou: "Mais monstros..." com uma cara de desânimo que me deu pena.

E Odisseu? Triste pela perda dos companheiros, ele ao mesmo tempo estava repentinamente mais animado, mais confiante. – Amigos, já pensaram? Deve ser uma coisa maravilhosa, ouvir o canto daqueles seres incríveis... Quem ouviu não sobreviveu, e eu quero ser o primeiro!

De novo aquela mania de ser o maior de todos! Ah, como eu queria estar no meio de um bando de monges tibetanos! Só reza e humildade!

– Nobre rei – ousei objetar –, ouvir, tudo bem, é possível, mas como é que você vai sobreviver? Não seria melhor procurar uma rota alternativa e finalmente chegar a Ítaca em paz? A rainha Penélope te espera, daqui a pouco Telêmaco é um homem, a ilha está sem governo, seus homens querem voltar para as famílias, deixa as sereias para lá! Não quer ir conhecer Atlântida? – (Ana me olhou feio.) – Isso também ninguém fez, vamos para lá!

Odisseu sorriu como quem sabe tudo: – Jovem e amável príncipe, quero ouvir as sereias *e* ver Atlântida! Sou Odisseu, o rei que derrotou Troia, que burlou monstros e humanos! Preciso conhecer!

Nada feito.

Ana sugeriu: – Seria suficiente não ouvir o canto, para seguir adiante sem perigo...

E aí me lembrei do avião. Gosto de ler no avião e, por isso, sempre coloco o fone de ouvido, mesmo sem música, para amenizar o barulho das conversas. Tinha um fone de ouvido na mochila, mas... um para todos? Enfim, tinha que tampar o ouvido. Mas como? Algodão, como o que colocamos no nariz? Lembrei do meu bisavô – um velhinho muito legal –, que ficava lendo e estudando de noite e dormia bem tarde e, por isso, levantava umas dez da manhã. Para que o barulho da casa não o acordasse, colocava umas bolinhas de cera cor-de-rosa no ouvido. As bolinhas eram duras, mas, amassando bem, ficavam macias e dava para vedar bem e não ouvir quase nada. Às vezes, ele se esquecia de tirar e eu ficava gritando "Vovô!" e ele não me ouvia. Sim, ele gostava de ser chamado de vovô, mesmo sendo bisavô.

– Ana, Ana! Temos que encontrar cera! Colocar cera no ouvido de todo mundo, como vovô fazia!

Ela me olhou um pouco assustada, mas de repente entendeu. – Sim, pode ser... Até que você raciocina, às vezes... Mas onde vamos encontrar tanta cera?

– Lá na terra de Circe, os homens pegaram muitos favos de abelhas... Vamos olhar...

Depois de uma longa busca, encontramos um barril cheio de favos. Ana foi conversar com Odisseu e eu pedi a Enopos para me ajudar a separar a cera. Neritos, velho mas entusiasmado, fez sinal aos outros navios para que se aproximassem e, com muito trabalho, aos berros – lutando contra o vento, que carregava sua voz para longe – explicou aos homens o que tinham que fazer. Jogamos para os outros navios uns farnéis bem amarrados que continham a cera. Todo mundo colocou cera nos ouvidos, e eu fui levar a de Odisseu, que disse: – Não!

– Como, não? Quero dizer, por que não, nobre rei? – Eu já estava ficando bravo. Achamos uma solução e o besta queria morrer?! – Valoroso herói, temos que ir!

– Cariton, eu quero ouvir. Não importa como!

Ana se aproximou. – Carl... Irmão, porque você está da cor do pimentão maduro?

– Porque, Ana... Aníquetos, porque o nobre e corajoso rei Odisseu não quer colocar a cera, porque ele quer ouvir a música das sereias e morrer nas águas do mar escuro, onde o conhecimento não vai ter nenhuma serventia para ele, é isso!

Odisseu me olhou com surpresa e certa irritação. De fato, não devia estar acostumado com alguém desafiando sua autoridade. Mas quando a autoridade é besta, deve ser desafiada!

– Ousa me contradizer, jovenzinho? – sibilou Odisseu, levantando a mão.

Coloquei a mão na empunhadura da espada e lati: – Ouso sim, seu velho teimoso! Você está agindo como um... um... – Fiquei procurando algo que extravasasse minha raiva, queria uma injúria sangrenta, quando Ana me empurrou para o lado, ficou entre Odisseu e eu e rosnou enfurecida: – Parem, seus galetos de briga! Que coisa ridícula, um rei e um príncipe, que passaram tanta dificuldade juntos, competindo para ver quem é mais forte! É claro, rei Odisseu, que você é mais forte e experiente. E admiro sua vontade de conhecimento. Mas não pode ser teimoso desse jeito! Você tem uma missão, que é levar seus homens, ou o que sobrou deles, para casa! Agora, se quer ouvir os monstros, ouça, mas, pelo menos, se proteja! Vamos te amarrar no mastro, porque assim você vai ouvir tudo, mas não vai poder se jogar no mar. E agora façam as pazes, seus brigões!

Envergonhado, baixei os olhos. Quando os levantei, vi que Odisseu estava mais próximo, e logo em seguida ele me abraçou (quase quebrando minhas costelas, mas tudo bem). Depois abraçou Ana, que enrubesceu.

– Sou um velho idiota! Aníquetos, Cariton, minhas desculpas. Vou acatar sua sugestão. Vamos!

Balbuciei umas desculpas, e fomos procurar uma corda robusta. Amarramos Odisseu no mastro, colocamos cera nos nossos ouvidos e acenamos para os remadores, que começaram a remar como se quisessem ganhar o mundial de remo.

Nos aproximamos da ilha num silêncio surreal. As sereias estariam cantando? Sim, porque olhei para Odisseu, e ele estava tentando se soltar das amarras, gritava, ao que parecia, e se mexia desesperado... Li seus lábios, que repetiam sem parar: – Me soltem! Preciso ir! Me soltem!

Ninguém deu bola.

Estávamos passando do lado das rochas, e dava para ver as monstruosas sereias – aves gigantes com cabeça humana – que esgoelavam, furiosas: o que estaria acontecendo? Por que seu canto não funcionava? Uma chegou a se aproximar do nosso navio, horrivelmente ameaçadora, e Tarquínio atirou uma flecha que passou bem perto do monstro, que fez uma cara ainda mais terrível e se afastou.

Mas ainda não tinha acabado! Pouco depois, vieram mais monstros! Estávamos prontos, desta vez, e os acolhemos com uma saraivada de flechas e pedras.

Ana e eu ajudamos os remadores – aliás, todos, menos Odisseu, estavam remando, e em cerca de meia hora ficamos longe do perigo. Esperamos mais uma hora, porém, para tirar a cera e para soltar Odisseu. Estávamos vivos! *Bye, bye*, sereias!

22 $(\kappa\beta)$ ▪ CILA E CARÍBDIS

Eu já me sentia mais confiante: estávamos conseguindo derrotar monstros e mais monstros! Ninguém ganhava de nós! Enfim, estava me achando – quase como um verdadeiro grego. No navio, ficava batendo papo com os marinheiros e os soldados, e aí era uma competição para ver quem contava mais vantagem, era muito bom! Agora eu entendia por que eles faziam aquilo o tempo todo! Ficávamos naquela conversa mole, jogando dados (às vezes eram pequenos ossos, chamados *astrágalos*), dando risadas, ô vida boa! Agora eu era um do grupo.

Já Ana olhava para mim como se eu fosse um bobão. OK, ela tinha conseguido me resgatar lá na ilha de Circe, mas tinha que ficar botando banca o tempo inteiro? E dizia:

– Carlos, pare de inventar coisas... Você está parecendo um pescador, daqueles que contam histórias, que nem o tio Oscar... Daqui a pouco você se trai, eles entendem que a tal de Atlântida não existe, é tudo balela, e aí estamos fritos!

Ela tinha conhecido uns golfinhos que ficavam seguindo os navios para pegar os restos de comida jogados no mar, e, acredito, por curiosidade. Num dia de bonança, Ana tinha se jogado na água (nossa mãe nos levou para a piscina todo dia, de manhã cedo, desde os quatro anos de idade; eu cansei e parei, mas Ana continuou e nada muitíssimo bem), sim, tinha se jogado na água e ido conversar com os golfinhos. Depois eu peguei no pé dela: – Agora, até com os peixes você fala, hein? –, e aí, claro, paguei mico, porque ela me olhou com desdém e me lembrou que os golfinhos são mamíferos! Mas, enfim, são detalhes. Essa amizade continuou, e sempre que era possível Ana pulava na água e ia conversar com os golfinhos: de tão próximos, um dia lhe ofereceram uma carona, e um deles, que ela chamou de Jonas, deu uma volta por perto, com ela na garupa. Foi bonito. Eu mesmo estava pensando em ir socializar com eles, mas ficava com um pouco de receio. Enfim, para mim era meio chato, porque eu tinha que ficar por perto, para quando ela quisesse subir de volta no navio; por outro lado, como Ana não gostava muito de papear com os marinheiros nem de jogar dados; alguma coisa ela tinha que fazer.

O tempo ia passando, papo vai, papo vem... até que uma manhã vi os homens em polvorosa, agitadíssimos, todos correndo para cá e para lá, pegando as armas, vestindo as couraças, reforçando as velas, colocando mais remos nas falcas – "as fendas na madeira onde se encaixam os remos", explicou minha pedante irmã – e gritando, xingando, trombando uns nos outros.

Procurei alguém que me desse informações, mas ninguém parecia ter tempo nem para parar um instante. Algo sério estava acontecendo, ou ia acontecer em breve.

Chamei Ana: – Vem cá, seus golfinhos, o Jonas, não sabem te dizer nada?

– Nem por aqui eles estão. E não são meus! São livres!

– Eu sei! Quero dizer seus amigos! Não pegue no meu pé! Algo grave está no ar, você não vê?

Fomos procurar Odisseu, que falava baixinho com Neritos e Tarquínio. Nem nos deram bola.

Aí Ana teve uma atitude. Pegou no braço de Tarquínio e gritou: – Ei! Vão nos explicar ou o quê? Somos parte da tripulação ou não? Gratidão, isso e aquilo, mas depois, na hora do aperto, nada!

Os três olharam para ela confusos, estranhando a atitude, e finalmente Odisseu falou: – Amigos, desculpem, a situação é grave e esquecemos que vocês não são daqui. Vamos ter que passar perto de dois monstros – (e Ana disse baixinho: – De novo não!) – dois monstros

– continuou Odisseu – mais terríveis, talvez, do que todos os que já enfrentamos!

– Não podia ser diferente – resmungou Ana. E depois, mais alto:

– Que monstros, nobres heróis? Não podem ser piores que o gigantesco ciclope, ou as terríveis sereias encantadoras, ou a própria Circe!

– Valoroso Aníquetos, corajoso Cariton, são piores, sim! Cila e Caríbdis, os nomes deles. Ficam perto de duas rochas muito próximas, tão próximas que você pode jogar uma flecha de uma a outra; temos necessariamente que passar entre elas para seguir viagem. Os relatos são confusos, porque ninguém sobreviveu para contar o que viu... – (Claro, cada vez melhor!, resmungou Ana) –, mas quem estava longe viu que Caríbdis fica na água e causa um terrível redemoinho, que traga os navios e depois os destrói; Cila tem dez ou doze pernas, não sei quantas cabeças de cão, é gigante e fica numa gruta, de onde agarra com seus braços monstruosos os marinheiros dos navios, e...

Consegui reagir e sair do estupor pelo qual estava tomado e falei com pouca convicção: – Mas... mas, heróis, temos que dar a volta, não dá para passar entre os monstros!

Antigamente, eu não teria caído nessa história de monstros, mas, àquela altura, eu já acreditava em qualquer coisa, até em Papai Noel, até no Pato Donald, se aparecesse entre nós!

– Não, jovem príncipe – respondeu Neritos –, não podemos, porque, se não atravessarmos, vamos ter que contornar uma ilha enorme, onde, além do mais, há um povo muito belicoso e forte, e só com quatro navios, com os homens cansados desta longa viagem, vamos ser derrotados sem misericórdia.

Então era isso. Os monstros ou a morte em batalha. Difícil escolher... Mas, pelo menos, com os monstros talvez tivéssemos uma chance. E éramos bons, isso sim, éramos todos heróis!

Nos aproximamos das rochas. Odisseu decidiu, e nos pareceu sábio, separar a frota: dois navios passariam pela rocha de Cila, e outros dois, pelo redemoinho. Sorteamos os navios, e o nosso, com o de Euríloco, passaria pelo redemoinho. Talvez tivéssemos alguma chance. De longe, víamos a gruta de Cila, escura e assustadora:

ela chegou a sair rapidamente, agitando as cabeças e os braços gigantes, gritando com fúria assassina. Era o pior de todos os monstros!

Passamos pela rocha de Caríbdis, enquanto tentávamos observar o pessoal dos outros dois navios na luta conta Cila. Boa sorte, companheiros! E aí o céu ficou escuro, como na noite mais funda, um estrondo desceu das nuvens, as rochas ulularam e o mar começou a rodar cada vez mais rápido, até se abrir e engolir sem piedade o navio de Euríloco. Gritamos, mas nada pôde impedir que ele fosse tragado.

– Vamos voltar! – gritou Odisseu, mas já era tarde. Nosso navio já estava sendo arrastado para o redemoinho infernal. Remamos como loucos, tentando inverter a rota, mas as águas nos empurravam irresistivelmente para dentro do redemoinho. As ondas batiam furiosas contra o navio, que já estava se desmantelando. Era o fim.

23 $(\kappa\gamma)$ ▪ FINALMENTE, A TEMPESTADE

uidado, Ana! O barco vai virar!

– Não consigo me segurar! O vento!

– Ana! Pegue minha mão! Não me deixe!

– Não vou... – ela parou e gritou com toda a força do desespero: – Carlos, rápido, pegue a mochila e se jogue na água! – gritou Ana.

– Você está louca? – urrei, com as ondas batendo no meu rosto.

Ela nem respondeu, mas me pegou pelo braço e me puxou para a água, levando nós dois para as ondas escuras e ameaçadoras. Minha irmã tinha enlouquecido! Adeus, mundo cruel!

Comecei a lutar contra as ondas, engolindo litros de água salgada, e já estava desmaiando quando senti que algo me levantava. Me deixei carregar; que fosse um monstro, que fossem dois: eu estava cansado.

Acordei abraçado a algo liso e frio. Assustado, dei um pulo e quase caí. Estava sendo carregado por um dos golfinhos de Ana!

Olhei para o lado e vi Ana na garupa de outro golfinho, sorrindo para mim através do cansaço. Ela pediu para o golfinho dela, Jonas, se aproximar do meu, e gritou no meu ouvido:

— O terceiro golfinho estava aqui também, mas pedi para ele ir buscar Odisseu... Ele sabe quem é. O nosso amigo vai se safar! O golfinho, Jimmy, vai levá-lo para a terra firme.

— Você... você ainda consegue me surpreender!

Me segurei mais no golfinho, que chamei de Júlio, como meu primo, e beijei suas costas molhadas. — Diga para ele, Ana, que eles são o máximo, e que estou muito agradecido!

— Ele sabe...

— E agora, vamos fazer o quê? Eles vão nos levar para alguma ilha?

— Claro que não. Vou pedir para nos deixarem perto do redemoinho.

— O quê? Você ficou louca de verdade? Você quer que sejamos comidos pelo monstro, como é o nome dele, Caríbdis? Esse ou qualquer outro? Não pode sossegar? — Eu estava furioso, de verdade. — Nos safamos a troco de nada? Por que não ficamos logo no navio, para morrermos juntos com nossos companheiros?

— Bem, a verdade é que na hora não me ocorreu...

Fiquei mais bravo ainda: — Então, você não é perfeita, certo?

— Não, não sou, e só na garupa do golfinho, enquanto você estava dormindo...

— Estava desmaiado!

— Sim, tudo bem. Deixa de melindre! Tive a ideia de que o redemoinho acaba criando uma tempestade, e que podemos tentar utilizá-la para ativar a movimentação dos neutrinos necessária para...

— Chega! Fale como gente! E não sou melindroso, estou cansado e com medo!

— Tá, desculpe, estou nervosa...

De repente minha raiva se esvaiu, foi embora tão subitamente como tinha surgido. Que situação! E nossos companheiros? E Odisseu?

— Veja, Carlos, o que eu quero dizer é que o redemoinho provoca uma tempestade, e é disso que precisamos para ativar o agregador!

Me senti um idiota. Claro, a tempestade!

– Mas... e se não for uma verdadeira tempestade... quero dizer, se não for aquilo de que o agregador precisa... o que vai acontecer?

– Aí o monstro nos papa, e chega de história. Quero ir para casa! Até que gosto de umas coisas daqui. Odisseu é muito charmoso, a aventura é boa, mas chega de monstros, chega de pânico, e fuga, e comer peixe, e você batendo papo com aqueles machões, chega de me disfarçar de rapaz, quero nossa casa, nossos pais, meus livros de física e Júnior! Mas, se não for assim, que o monstro nos pape!

Mas eu conhecia bem minha irmã. Ela sabia que poderia mesmo dar certo...

Eu, porém, não tinha tanta certeza.

Preparei o agregador, que segurei com tanta força que a mão doeu – só faltava eu o deixar cair nas ondas: aí, sim, não teríamos mais volta!

– Ana, então é isso? Vamos lá para o bocão do monstro?

– Vamos para o redemoinho, mas nada de bocão. Confie em mim! Mas, por favor, vá pensando bem forte no nosso tempo, se concentre!

Não sabia como, mas a situação se invertera... Em geral o destemido era eu – até certo ponto, admito. Mas naquele momento me senti, além de assustado, triste, melancólico. Ou morrer na boca do monstro, ou voltar e largar para trás aquele mundo terrível e maravilhoso. Mas não tinha outro jeito.

Jonas e Júlio nos levaram, com muito receio, para perto do redemoinho. Os ventos sopravam furiosamente, e as águas estavam cheias de destroços dos navios. Os outros dois navios, os que passaram por Cila, teriam conseguido se safar? E Odisseu, onde estaria?

A primeira pergunta nunca teria resposta, mas a segunda, sim. Vi, de longe, Odisseu na garupa do golfinho Jimmy – o destemido rei acenou para nós, e ouvi confusamente suas palavras, entrecortadas pelo barulho do vento e das ondas: – Adeus, meninos do futuro!

Mas... como ele sabia?!

Não pude pensar mais no assunto, porém, porque chegamos à boca do redemoinho. Os golfinhos, a evidente contragosto, pararam e esperaram as palavras de Ana, que falou alguma coisa do tipo: – Amigos, obrigada. Podem nos deixar aqui.

Os golfinhos não fizeram nada. Não eram bestas! Ficaram esperando, tentando não ser arrastados pelo redemoinho, que rugia pior do que os leões selvagens!

Ana deu um beijo na cara de Jonas, pegou na minha mão e gritou: – Na hora que começarmos a cair, segure bem em mim e acione o agregador!

Fechei os olhos e me joguei. Imediatamente o redemoinho nos puxou. Era difícil não soltar a mão de Ana! Mas segurei firme, e logo que senti que estávamos caindo, e ouvi o rugido do monstro que nos esperava, de boca aberta, lá em baixo, e começamos a rodar feito um pião doido, acionei o agregador, pensei fortemente na nossa época, nossos pais, um carro, um sorvete, YouTube, fechei os olhos e esperei.

E não aconteceu nada.

– Carlos, vai! Vai logo!

– Não funciona! NÃO FUNCIONA!

Com os dedos paralisados pelo frio e pelo medo, tentei de novo, e de novo. A bateria tinha acabado? E o troço tinha bateria? Como funcionava mesmo?

Estávamos descendo, caindo, rodopiando...

Vi a enorme cabeça do monstro. Gritei: – Ana! – e apertei de novo o agregador, sabendo que não aconteceria nada.

Mas aconteceu.

24 (κδ) ▪ MAIS UM NAVIO

A viagem no tempo foi menos horrível do que a queda no redemoinho, mas ainda assim foi aquele negócio do corpo ser puxado, dividido, picadinho, desintegrado, socado num pilão... Cores rodando, barulhos, zumbido, a máquina de lavar cósmica, aliás, a secadora!

Percebi que ainda estava segurando o agregador, com a mão esquerda, e a mão de Ana, com a direita. Estávamos vivos, então! Mas onde? Em que tempo?

Senti mais dor, uma coisa dura debaixo da cabeça – um grande cano de metal, que com o impacto, descobri depois, chegou a me ferir. Soltei a mão de Ana e me levantei; fui ver se ela estava acordada, cambaleando, tentando entender onde estávamos. Parecia... Parecia um navio.

Estava escuro, e, quando meus olhos se acostumaram, vi que estávamos no que parecia um porão. Ana estava bem, ou seja, mais ou menos, como eu.

– Carlos, onde estamos? Que tempo é este?

– Não sei. Parece um porão de navio. Deve ter gente lá em cima. Vamos subir!

Ainda cambaleantes, subimos uma escadinha de metal suja e estreita, procurando também ar fresco, porque o porão fedia a gás, alcatrão e petróleo, o que significava que estávamos em algum momento a partir do século XX – era isso? Não me lembrava de nada naquele momento. E quem encontraríamos? Era um navio de piratas, de traficantes, de guerrilheiros? Nada mais me surpreendia.

Quando chegamos no convés, vimos que parecia um navio do nosso tempo, ainda que um tanto surrado. Tinha muita gente, famílias, crianças, cachorrinhos, tomando ar encostados na amurada do navio, que era grande, parecendo um *ferry boat*. E de repente nos demos conta de que todo mundo olhava para nós.

Olhei para Ana, e ela para mim. Sujos, de vestidinho de algodão rústico ensopado e rasgado, queimados de sol, carregando uma velha mochila e, para completar o quadro, com uma espada enfiada no cinto que era, na verdade, um cordão.

Uma mulher gritou algo que entendi como: – Terroristas! –, e um homem gordo: – Clandestinos!

Enfim, para encurtar, chegaram dois policiais, que nos prenderam sem nenhuma cerimônia, tiraram nossas espadas e queriam levar minha mochila, mas não deixei. Ou seja, tentei não deixar, mas levei um safanão e acabei deixando. Nos levaram para uma pequena prisão e tentaram nos interrogar: entendi algo como "tunisianos". Mas... onde estávamos? E que povo era aquele? Eu só conseguia pensar em grego e, em segundo lugar, em português. Tentei com o grego. Nada, mas me olharam feio. Português? Menos ainda. Que ignorantes!

– Ana, depois daquilo tudo, vamos ficar na cadeia?

– É o que parece. Que saudade de Odisseu! – E suspirou. – Ele detonaria esse pessoal todo, e nos levaria...

– Nos levaria para o manicômio, isso sim! Vamos tentar resolver... Mas que dor de cabeça...

Finalmente, um deles chamou alguém, que chamou outra pessoa, que chamou outra... Naquela pequena e apertada prisão, onde fazia um calor terrível, dali a pouco tinha mais de quinze pessoas, alguns bem mal-encarados, alguns tentando ajudar, outros com cara bondosa, todos falando alto, uma babel. Eu não conseguia raciocinar.

De repente, percebi e disse: – Ana! Este povo falando alto, gesticulando... Estamos na Itália!

– Acha? Mas onde? Que navio é este?

Fiquei pensando, tentando lembrar. Alguma coisa, um sininho queria tocar, mas...

– Lembrei! – gritei, assustando alguns da plateia. – Ana, Cila e Caríbdis... são rochas do canal de Sicília! Um estreito que fica entre a Calábria e a Sicília, na Itália! Estamos no *ferry boat* que liga os dois lugares!

– E por que nos prenderam?

– Bom, tecnicamente, somos clandestinos, e com estas roupas... armados...

Me virei para um dos policiais e, sorrindo, falei devagar: – Brasil... Rio de Janeiro... Café... Futebol... Favela... Samba...

Vi um olhar de início de compreensão. Ele falou devagar: – *Brasile?*

Sorri de novo e fiz sim com a cabeça. Sabia! Jogue um estereótipo, um lugar comum, e o pessoal conhece.

Dali a pouco chegamos e fomos levados para a delegacia do porto. Aí chegou o cunhado de um dos amigos do padrinho do vizinho da mulher do barbeiro do policial, que tinha estado no Brasil, e pronto, a coisa começou a se resolver. Tive que inventar uma história muito doida, só que bem menos doida do que os acontecimentos reais! Tínhamos sido raptados por sequestradores, levados para ser vendidos como escravos, mas conseguimos fugir, embarcamos como clandestinos... Medicaram minha cabeça e nos deram café. Nem me lembrava mais do gosto!

Pedi para usar o computador e vi a data. Era nosso tempo mesmo... Só tinham se passado cinco dias! Poucos, para tudo aquilo que tínhamos vivido, muitos para nossos pais, que deviam achar que a gente tinha morrido no desastre de avião – se é que o avião tinha caído. Pesquisei, e no noticiário dos últimos dias não constava nenhum desastre aéreo.

Conseguimos ligar para nossos pais, e foi aquela festa, aquela choradeira e aquela recriminação. Eles tinham acabado de chegar ao Brasil, deixando no nosso rastro um detetive particular, acionando a embaixada, o ministério das relações exteriores e não sei quantos organismos internacionais! De lá, nossa mãe viria novamente para a Itália – estávamos na Sicília mesmo – para nos buscar. Pelo telefone, Ana conseguiu irritá-la, quando perguntou: – Mãe, e o Júnior?

– Seu monstro desalmado, o *bichinho* está ótimo! Me deu o maior trabalho, porque foi muito, muito difícil trazê-lo para cá, mas... bom, ele é fofo, e está comendo soja... Mas – recuperou a irritação – mas vocês, onde quer que tenham estado, e me devem muitas explicações, não trouxeram nenhum bicho, não é?

– Não, mãe, nada.

Nos prenderam, com alguma consideração (menores de idade!) na delegacia, mas nós achamos tudo muito confortável, depois da temporada no navio. Nossa mãe chegaria dois dias depois.

Finalmente, tomamos um banho decente, comemos alguma coisa e depois, deitados, ficamos ponderando: – Carlos, você acha que esta é a nossa realidade?

– Como é que vou saber? Você que é a cientista ("maluca")!

Ela jogou o travesseiro na minha cara e suspirou: – Sim, parece tudo normal, no máximo pode ter pequenas diferenças, coisa pouca, mas só saberemos com certeza quando chegarmos ao Brasil. Mas vai ser difícil...

E eu sabia o que ela queria dizer. Eu estava louco para voltar para casa, e ela também. Mas aquelas aventuras... Elas ficariam para sempre conosco. Não éramos mais os mesmos... Tinha sido bom conhecer tantas pessoas diferentes, lugares, situações... Bom, eu dispensaria o ciclope e a experiência como porquinho. Mas não tem aquela história... *tudo* vale a pena? Sim, valeu a pena mesmo. Mas agora, eu queria um brigadeiro. E minha cama. E, antes de tudo, abraçar meus pais – e Júnior!

A AUTORA

Nasci em Roma, num 2 de julho muito ensolarado. Terminei a graduação com um trabalho sobre o poeta baiano Gregório de Matos e logo depois fui morar em Salvador, na Bahia. Até hoje moro na Bahia, onde passei mais de metade da minha vida, e considero-me, por tudo isso, baiana de adoção. Estudei Letras, depois de alguma hesitação – gostava também de História e de Informática, e no fundo sonhava ser veterinária. Hoje me considero sortuda, porque adoro ensinar, ler (ensaios, policiais, clássicos, ficção científica, quadrinhos, romances contemporâneos…), escrever, traduzir e cuidar de bichos, e posso fazer isso tudo. Tenho três gatos e um cachorro, todos SRD (Sem Raça Definida ou, como se diz por aí, pé-duro), que se dão muito bem.

A série Histórias dentro da História e seus protagonistas Carlos e Ana nasceram quase por acaso, fruto do meu amor pela História e do fascínio que sempre senti pelas viagens no tempo: cientificamente possíveis ou não, são um barato! Acredito que Carlos e Ana se completem: um é tagarela e gosta de artes; a outra é metida a durona e gosta de ciências – mas, ao mesmo tempo, Carlos tem um viés prático, enquanto Ana tem uma relação privilegiada com os animais, com o irracional, e, timidamente, se encanta com as pessoas. Gosto que eles simbolizem a necessidade que temos do outro, a honestidade e a ternura para com todos os seres, sem pieguice, além da vontade de conhecimento e da curiosidade para com diferentes tempos, culturas e povos. Por isso, Carlos e Ana, em suas aventuras, mergulham nas ondas do tempo e, juntos, sabem enfrentar todo tipo de situação e perigo. Neste volume e no anterior das aventuras dos gêmeos, *Perdidos no tempo*, que se passa na Roma Antiga, juntei muita fantasia e muita leitura: especificamente aqui, me baseei na *Ilíada* e na *Odisseia*, esperando que os leitores tenham vontade e curiosidade de conhecer os maravilhosos e aventurosos poemas homéricos. O terceiro volume de Histórias dentro da História trará os gêmeos para perto de mim, na Bahia – só que a Bahia do passado, naturalmente!

A ILUSTRADORA

Nasci em Belo Horizonte, onde vivo e trabalho. Sou designer gráfico formada pela UEMG e artista gráfica formada pela UFMG. De lá para cá, trabalho principalmente na área editorial, no desenvolvimento de projetos e como ilustradora.

Pelo Grupo Autêntica, já ilustrei *Você é livre!*, *Nós 4*, *Amor e Guerra em Canudos* e *Perdidos no tempo*, que se passa na Roma Antiga e precede este livro.

Para ilustrar *O canto das sereias*, me aprofundei bastante no tema e no período histórico em que Carlos e Ana foram parar (um dos meus preferidos). Acho intrigante a ideia de viajar no tempo e a possibilidade de alterar o curso da História, mesmo sem querer. Me diverti muito com as situações inusitadas com que os gêmeos se depararam, e ainda mais com as saídas que encontraram para elas, sempre com astúcia, parceria e inteligência.

Espero que os leitores se divirtam com essa história tanto quanto eu, que não vejo a hora de conhecer o próximo livro da coleção!

Christiane S Costa

Este livro foi composto com tipografia Electra
e impresso em papel Off Set 90 g/m²
na Formato Artes Gráficas.